Das Buch und die Autorin:

Ich hatte ja geahnt, dass diese Besucherin auch
in unserem Ehebett landen würde. Schließlich war
Tabia, die während der Computermesse Cebit für
ein paar Tage bei uns in Hannover wohnte, nicht
irgendeine Freundin. Mein Mann und ich
kannten sie seit Jahren von verschiedenen
Swinger-Treffen. Aber dass Tabia unsere
Gastfreundschaft derart großzügig nutzen
würde, überraschte mich dann doch.

Kirsten Steiner, Jahrgang 1984, studierte
Literatur und Geschichte. Seit Jahren ist sie
gemeinsam mit ihrem Mann in der Welt der
Swinger unterwegs. Einige ihrer Erlebnisse hat sie
zu der Serie „Aus meinem Swinger-Tagebuch"
verarbeitet, in der sie diese besondere
Form der Erotik beschreibt, die sich nicht allein
auf zwei Menschen beschränkt.

Kirsten Steiner

Drei Frauen sind keine zu viel

Aus meinem Swinger-Tagebuch

Bibliografische Information der Deutschen
Nationalbibliothek: Die Deutsche Nationalbibliothek
verzeichnet diese Publikation in der Deutschen
Nationalbibliografie, detaillierte bibliografische
Daten sind im Internet über
http://dnb.dnb.de abrufbar.

© 2018 Kirsten Steiner

Herstellung und Verlag:

BoD – Books on Demand, Norderstedt

Coverfoto: Dreamstime

ISBN: 9783752841244

Unsere Tage mit Tabia:

Die Haare waren ab. Im ersten Augenblick musste ich stutzen, als ich die Wohnungstür öffnete und Tabia vor mir stand. Deshalb umarmte ich sie erst mit ein, zwei Sekunden Verzögerung – dafür aber umso intensiver.

„Du hast eine neue Frisur", sagte ich, als meine Freundin ihren Koffer abgestellt und ihren Mantel an die Garderobe gehängt hatte.

„Ja, und du auch", erwiderte sie mit Blick auf meine Haare, die ich mir vor einigen Tagen rot gefärbt hatte.

„Steht dir gut", stellte ich fest.

„Dir auch", entgegnete sie. „Aber da muss ich mich erst mal dran gewöhnen. Du warst für mich immer blond."

Ich zuckte mit den Schultern: „Ich wollte einfach mal etwas Neues ausprobieren – und natürlich auch meinem Liebsten mal etwas Neues bieten. Und du?"

„Ich dachte, mit 34 wird es endlich Zeit, wie eine seriöse Geschäftsfrau auszusehen. Vor allem wenn man seinen Arbeitgeber auf der Cebit repräsentieren soll."

Schade eigentlich, dachte ich und sah sie an. Ich hatte Tabias lange, schwarze Haare gemocht. Allerdings musste ich zugeben, dass sie mit dem relativ kurzen Bob auch sehr interessant aussah. Er unterstrich sogar noch mehr den Gesamttyp meiner schlanken Freundin, die ein bisschen kleiner war als ich. Und mit meinen einmeterachtundsechzig war ja auch ich nicht eben eine Riesin.

„Seriös?", fragte ich und sah sie mit bewusst spöttischem Blick an: „Ist das dein Ernst?"

„Nicht wirklich", entgegnete sie und grinste zurück: „In eurer Gesellschaft ist das ja ohnehin kaum möglich."

„Da hast du vermutlich recht", bestätigte ich lachend, nahm ihren Koffer und brachte ihn ins Arbeitszimmer.

„Ich habe dir das Schlafsofa hier bezogen", sagte ich und deutete auf das ausgeklappte Bett neben meinem Schreibtisch. „Fühl dich wie zu Haus."

„Das Schlafsofa?", fragte sie zurück und zwinkerte mir schelmisch zu. „Wieso das denn? Euer Ehebett ist doch wohl breit genug für drei. Oder etwa nicht?"

„Och naja", entgegnete ich und zwinkerte zurück. „Wenn wir ein bisschen zusammenrücken, würde das schon gehen. Mein Liebster hätte sicher nichts dagegen."

„Und du?"

Statt einer Antwort lächelte ich sie verheißungsvoll an.

Es war wieder Messezeit in Hannover. Außer vielen Menschen, knappen Parkplätzen, vollen Restaurants und verstopften Straßen hatte die diesjährige Computermesse Cebit noch etwas anderes in unsere Stadt gebracht: meine Freundin Tabia.

„Als mein Chef Messe und Hannover sagte, hörte ich zwei andere Worte: Kirsten und Steffen", erzählte sie, als wir zwei Wochen zuvor miteinander telefonierten.

Und beinahe schüchtern (was Tabia eigentlich ganz und gar nicht war), fragte sie, ob sie denn vielleicht für ein paar Tage bei uns wohnen könne. Was für eine Frage!

„Unsere Altbauwohnung ist zwar nicht das Maritim", sagte ich. „Aber wenn das für dich okay ist, dann freuen wir uns natürlich auf deinen Besuch."

„Ich bin sicher, dass es mir bei euch ungleich besser gefallen wird als in jedem Fünf-Sterne-Hotel", erwiderte sie und freute sich ganz offensichtlich, dass sie die Tage (beziehungsweise die Nächte) bei uns verbringen konnte.

Ihre Aussage mit dem Hotel war vielleicht ein bisschen übertrieben, aber ich ließ den Satz einfach mal so stehen – und betrachtete ihn als Kompliment für meinen Mann und mich. Nach dem Telefonat schoss mir dann allerdings durch den Kopf, dass ich nicht umhin kommen würde, das Arbeitszimmer ganz heftig aufzuräumen, wenn ich meiner Freundin das Schlafsofa dort anbieten wollte. Aber das war ohnehin mal wieder dran. Da hatte sich in den vergangenen Monaten unglaublich viel Material angesammelt, das ich längst nicht mehr brauchte. So hatte Tabias bevorstehender Besuch einen gewissen Kollateralnutzen. Die nächste Altpapier-Entsorgung sollte sich jedenfalls lohnen.

Knapp vier Jahre kannten wir Tabia und ihren Mann Marius nun. Wir hatten die zwei bei einem Swinger-Treffen in der Nähe von Freiburg kennengelernt. An jenem Pfingstwochenende waren wir ihnen sehr nah gekommen – näher als den anderen beiden Paaren, die ebenfalls bei diesem erotischen Spiele-Wochenende dabei gewesen waren. So hatte sich eine Freundschaft entwickelt, die trotz großer Entfernung zwischen Hannover und Konstanz, wo die beiden wohnten, Bestand hatte. Wir sahen uns zwar nur selten. Aber wenn wir uns trafen, dann waren das intensive Begegnungen. Wir alle waren Swinger – und wir alle lebten unsere sehr besondere Leidenschaft immer wieder aus.

Deshalb erstaunte mich Tabias augenzwinkernde Bemerkung über unser Doppelbett keineswegs – obgleich ich mir nicht ganz sicher war, ob sie wirklich das Bett mit uns teilen wollte oder einfach nur einen Spruch gemacht hatte. Denn ein paar Dinge waren dieses Mal anders als bei unseren bisherigen Treffen. Tabia war zum Arbeiten hier, und auch Steffen und ich mussten halbwegs ausgeschlafen die Tage beginnen. Aber vor allem: Tabia war allein hier – ohne ihren Mann. Und ebenso wie wir, betrachteten auch unsere Konstanzer Freunde Partnertausch und Gruppensex als eine Form der Sexualität, die man als Paar gemeinsam erlebte. Sicher, es gab viele Swinger-Paare, die das anders sahen und auch gern mal getrennt voneinander loszogen. Dazu zählten wir vier aber eigentlich nicht. Eigentlich …

Dienstag:
Messebesuch im Ehebett

„Marius hat mir für diese Tage übrigens eine Freigabe erteilt", sagte Tabia und sah mich über den Rand ihres Kaffeebechers an, als wir nun in unserer Küche saßen und auf Steffen warteten.

„Eine Freigabe?", fragte ich zurück, obgleich ich mir ziemlich sicher war, was sie meinte.

Für ein paar Sekunden lächelten wir uns schweigend und vielsagend an.

„Nun ja", fuhr sie schließlich fort: „Ich habe darauf hingewiesen, dass es ja wohl kaum vorstellbar sei, nach Hannover zu fahren und dann keinen Sex mit euch zu haben. Dem konnte Marius nicht widersprechen."

„Du hast einen ganz schön großzügigen Mann", stellte ich fest – und fragte mich, ob ich wohl ebenfalls derart großzügig sein würde, sollte Steffen einmal in die Verlegenheit kommen, ohne mich nach Konstanz zu fahren. Ich musste mir eingestehen, dass mir dieser Gedanke nicht sonderlich behagte – wenngleich auch wir schon Erfahrungen mit Partnertausch in getrennten Räumen und sogar an getrennten Orten hatten. Auch mit unseren Konstanzer Freunden hatten wir so etwas schon erlebt. Aber das waren dann immer Tauschsituationen gewesen. Was Marius seiner Frau nun ausdrücklich erlaubt hatte, war ein Alleingang ohne ihn. Das machte nicht jeder Mann – auch nicht in der Swingerszene.

Würde Steffen wohl so großzügig sein, falls ich einmal allein zu unseren Freunden fahren würde? Ich musste mir eingestehen, dass dieser Gedanke durchaus reizvoll war – anders als die Vorstellung, meinen Liebsten allein bei den beiden zu wissen. Wenn zwei das Gleiche taten, war es eben noch lange nicht das Gleiche. Auf jeden Fall gab mir das zu denken. Ich nahm mir vor, über dieses Thema mit Steffen bei Gelegenheit einmal zu sprechen. Ganz theoretisch natürlich – wohin auch immer diese Theorie dann eines Tages vielleicht auch führen mochte.

„Stimmt", pflichtete Tabia mir bei. „Ich habe einen tollen Mann. Du aber auch!"

„Der wird sich auf jeden Fall freuen, wenn er von deiner Freigabe erfährt", sagte ich.

Vor meinem geistigen Auge lief ein Film an, in welchem mein Mann und ich in den kommenden Nächten immer wieder Sex zu dritt mit unserer Freundin haben würden. Der Film gefiel mir ausgesprochen gut.

Wie konnte ich in diesem Moment auch ahnen, dass in dieser Woche noch ganz andere Dinge passieren sollten?

Obgleich Tabia und ich das gar nicht vereinbart hatten, ließen wir Steffen schmoren – und erzählten ihm zunächst nichts von Marius' Großzügigkeit. Als mein Liebster nach Haus kam, umarmte er unsere Freundin ähnlich herzlich, wie ich das bei ihrer Ankunft getan hatte – nur mit dem Unterschied, dass er dabei auch ihren Po in beide Hände nahm und Tabia fest an sich drückte. Unser letzter gemeinsamer Sex mit Tabia und Marius lag nun zwar schon eine ganze Weile zurück. Aber die Vertrautheit zwischen meinem Mann und meiner Freundin war sofort wieder da, stellte ich fest.

Steffen nahm sich den letzten Kaffee aus der Kanne, setzte sich zu uns an den Küchentisch und stieg in unseren Smalltalk ein. Dabei versuchte er herauszukitzeln, ob Tabias Anwesenheit lediglich der Messebesuch einer guten Freundin sein sollte oder vielleicht doch ein bisschen mehr. Ich konnte spüren, wie dringlich mein Mann herausfinden wollte, was ich längst wusste. Und die Teufelin in mir hatte viel Spaß daran, ihn zappeln zu lassen. Ich sagte ebenso wenig etwas über Marius´ Großzügigkeit, wie Tabia das tat.

Nach Gesprächen über die Messe und die verschiedenen Möglichkeiten des Abendessens stellte Steffen dann eine Frage, mit der er nun wohl etwas direkter auf das Thema kommen wollte:

„Was macht denn euer Swingen?", fragte er.

„Im Moment nicht so viel", entgegnete Tabia seufzend. „Marius wird von seinem Chef ständig auf Dienstreisen geschickt. Deshalb mussten wir ja auch den Skiurlaub mit euch absagen – auch wenn uns das wirklich schwergefallen ist. Und morgen muss mein Liebster schon wieder nach London."

„Ja, ich hörte davon", sagte Steffen. „Glaubst du denn, es klappt, dass er am Samstag vielleicht nach Hannover kommt?"

„Das hängt davon ab, wie seine Termine laufen. Er will es auf jeden Fall versuchen."

„Wäre schön, wenn das klappen würde", sagte ich.

„Und was macht euer Swingen?", fragte nun Tabia zurück. „Ihr hattet für den Winterurlaub noch andere Skihasen gefunden, nachdem wir euch einen Korb geben mussten?"

Steffen und ich tauschten verschwörerische Blicke. Nachdem unsere Konstanzer Freunde den geplanten gemeinsamen Skiurlaub ein paar Wochen zuvor abgesagt hatten, waren wir auf die Suche nach einem Ersatzpaar für die gemietete Ferienwohnung im österreichischen Montafon gegangen – und waren tatsächlich kurzfristig fündig geworden.

„Ein Anfängerpaar?" fragte Tabia neugierig nach, als wir von unserem Skiurlaub erzählten.

„Nicht beim Skilaufen", entgegnete ich.

„Aber beim Swingen, wenn ich das recht verstanden habe."

„Jetzt nicht mehr", erwiderte Steffen grinsend und erzählte etwas mehr von unserem Erlebnis zwischen Skipiste, Sauna und Ferienwohnung.

Vermutlich hatte er gehofft, Tabia damit heiß zu machen und die Stimmung an unserem Esstisch mehr in Richtung Swingen zu bringen. Anfangs hatte ich den Eindruck, dass ihm das auch gelang, denn Tabia fragte mehrfach interessiert nach. Dann aber griff sie unvermittelt zur Karte des Pizza-Bringdienstes und begann die Angebote zu studieren, während Steffen von unserem Sex im Skiurlaub erzählte – was ihn sichtlich irritierte, sodass seine Erzählung immer leiser wurde und schließlich ganz abbrach.

„Ich habe einen Mordshunger", sagte unsere Freundin und verkündete, dass sie eine Pizza Tonno essen werde.

Offensichtlich hatte sie keine Lust auf noch detailliertere Berichte von unserem Schneetreiben zu viert, das eigentlich mit ihr und ihrem Mann hätte stattfinden sollen. So suchten auch Steffen und ich uns nun Pizzen aus. Während mein Liebster den Bringdienst anrief, zwinkerte Tabia mir zu und flüsterte:

„Lassen wir ihn noch ein bisschen länger schmoren?"

„Unbedingt", erwiderte ich – obgleich mein Liebster mir mit seiner Unwissenheit nun beinahe schon ein wenig leidtat.

Doch wie hatte Tabia mir vor Jahren einmal gesagt: Männer muss man zappeln lassen, dann werden sie nur umso heißer. Vielleicht war es nicht so richtig nett von uns, aber das kleine Spiel, das wir mit ihm spielten, war einfach zu schön, als dass wir es jetzt schon hätten beenden wollen.

„Halbe Stunde", sagte Steffen, nachdem er die Bestellung aufgegeben hatte.

„Wunderbar, das passt doch", entgegnete Tabia und stand auf. „Dann würde ich in der Zwischenzeit gern noch duschen, wenn das okay ist."

„Glaubst du, dass etwas laufen wird mit Tabia?", fragte Steffen, als unsere Freundin in Richtung Bad verschwunden war. „Also ich meine, auch bevor Marius am Wochenende dazukommt."

„Wenn er denn kommt", entgegnete ich. „Das ist keineswegs ausgemacht."

„Jaja, das meine ich. Nur Tabia ist hier. Glaubst du, sie wird sich auf einen Dreier mit uns einlassen? Ohne Marius mit uns zum Skilaufen fahren, wollte sie ja nicht."

„Naja, die beiden halten es mit dem Swingen ebenso wie wir: Es gibt sie normalerweise nur gemeinsam."

„Das ist meine Befürchtung."

„Vielleicht hat sie ja Lust auf eine Nacht nur mit mir", entgegnete ich. „Wäre das okay für dich?"

Ganz abwegig war dieser Gedanke nicht. Tabia hatte eine ausgeprägte Bi-Neigung – weit stärker als ich. Während in unserem Profil auf der Internet-Plattform Joyclub bei mir an der entsprechenden Stelle der relativ softe Eintrag „bi-interessiert" angeklickt war, stand bei Tabia der kürzere, aber eindeutigere Vermerk „bi". Dass Tabia viel Lust auf Sex mit dem eigenen Geschlecht hatte, hatte ich schon mehrfach erlebt. Bei unserem Pfingstwochenende vier Jahre zuvor hatte ich mit ihr erstmals eine Nacht nur mit einer Frau verbracht.

Ich sah Steffen nun allerdings an, dass ihm dieser Gedanke ganz und gar nicht gefiel.

„Klar wäre das okay", erwiderte mein Liebster in einem Tonfall, der eher das Gegenteil mitteilte.

16

„Na mal sehen", fügte ich deshalb hinzu. „Tabia ist immer für eine Überraschung gut."

Damit immerhin konnte ich seinen Blick wieder etwas aufhellen. Schließlich wollte ich ihn ja nur ein wenig zappeln lassen und nicht völlig entmutigen. Es war schon süß, wie er dasaß und grübelte. Allein sein Blick, der an Tabias Po geklebt hatte, als sie aus der Küche gegangen war, hatte Bände gesprochen. In ihren engen Jeans sah sie aber auch ungemein sexy aus. Ich wusste genau, wie heiß mein Mann auf diese Frau war. Und ich wusste, wie sehr ihn die Fantasie umtrieb, zwei Frauen allein für sich haben.

Einen solchen Dreier liebte so ziemlich jeder Mann auf dieser Welt; da war ich mir ganz sicher. Bei jenem Pfingsttreffen vier Jahre zuvor hatte mein Liebster so etwas ja auch schon mit Tabia und mir erlebt. Aber das war trotzdem etwas anderes gewesen, weil damals ja auch noch andere Menschen mitgespielt hatten. Jetzt zwei Frauen nächtelang ganz für sich zu haben, hatte mit Sicherheit einen noch ganz anderen Reiz für meinen Mann.

Ich lächelte ihn an und dachte: Ja, dein Wunsch wird in Erfüllung gehen. Gemeinerweise sagte ich ihm das aber nicht. Ich wusste, dass er das auch so sehr bald mitbekommen würde.

Kurz darauf klingelte der Pizzabote und Steffen nahm die Lieferung entgegen. Während die beiden Männer an der Wohnungstür standen und abrechneten, kam Tabia aus dem Bad und huschte über den

Flur ins Arbeitszimmer – ohne sich in ein Handtuch gewickelt oder sonst irgendetwas angezogen zu haben. Steffen hatte nicht mitbekommen, was da hinter seinem Rücken passiert war. Der Pizzabote aber sehr wohl. Ihn hatte der Anblick der über den Flur laufenden nackten Frau sichtlich irritiert – so sehr, dass er Steffen das Wechselgeld nicht in die Hand drückte, sondern es auf den Boden fallen ließ, während er mit großen Augen und offenem Mund ins Innere unserer Wohnung starrte.

„Was war mit dem denn los?", fragte Steffen, als die Wohnungstür wieder ins Schloss gefallen war. „Der war ja vollkommen verplant."

„Ich denke mal, dass ihm nicht bei jeder Auslieferung der Anblick einer nackten Frau geboten wird", entgegnete ich schmunzelnd. „Schon gar nicht einer so schönen wie Tabia."

Steffens Blick wanderte erstaunt zwischen den Türen von Bad und Arbeitszimmer sowie mir hin und her, bevor er schließlich die Pizzen ablegte und zu einer Weinflasche griff.

„Da hat der Pizzabote mir dann heute wohl etwas voraus", sagte er achselzuckend, während er den Merlot entkorkte.

„Nur für den Moment", entgegnete ich, drückte meinem Liebsten einen Kuss auf die Wange und nahm drei Teller aus dem Küchenschrank.

Als Tabia kurz darauf in die Küche kam, trug sie lediglich ein kurzes Hauskleid sowie ein Handtuch, das sie um die nassen Haare gewickelt hatte. Offensichtlich hatte sie es eilig gehabt, als sie das Klingeln des Pizzaboten gehört hatte. Das Handtuch wäre bei ihrer neuen, doch recht kurzen Frisur eigentlich gar nicht nötig gewesen, dachte ich. Vielleicht war das einfach die Macht der Gewohnheit: Föhn anwerfen oder Handtuch um den Kopf – so hielt ich das auch. Und Zeit zum Föhnen hatte sie sich nicht mehr genommen. Ganz augenscheinlich auch nicht für einen BH. Ihre Brüste zeichneten sich unter dem relativ eng anliegenden Kleid deutlich ab.

Aber Tabia war ohnehin eine Frau, die mit ihren kleinen, festen Brüsten gut auf dieses manchmal doch recht unbequeme Kleidungsstück verzichten konnte. Eher als ich jedenfalls, denn meine Brüste waren etwas größer als ihre. Dennoch ließ auch ich den BH gelegentlich mal weg. Bei Swinger-Dates hatte ich auf die Weise schon mehrfach männliche Blicke auf meine Oberweite ziehen können. Auch jetzt trug ich nichts unter meinem Pulli – das allerdings mehr aus Gründen der Bequemlichkeit und nicht, weil ich damit jemanden anmachen wollte. Obgleich meine Brüste größer waren als die meiner Freundin, zeichneten sie sich unter dem eher weiten Pulli vermutlich weniger ab als die von Tabia in ihrem engen Kleidchen.

Ich sah an Steffens Blicken, dass er in diesem Moment genau denselben Vergleich anstellte – auch wenn er ja längst wusste, was wir beide in der Hinsicht zu bieten hatten. Ich ertappte mich dabei, wie ich unwillkürlich meine Brust ein wenig herausstreckte.

Die Pizza war relativ fest und das Messer wohl nicht allzu scharf, sodass Tabia irgendwann dazu überging, sie mit den Fingern zu essen.

„Ich hoffe, das stört euch nicht", sagte sie, während sie sich zwischendurch ganz ungeniert die Finger ableckte.

„Ich bin entsetzt", entgegnete ich – um anschließend zur gleichen Essweise überzugehen.

Erst im zweiten Moment realisierte ich, dass Tabia ihre Finger vielleicht nicht allein aus Gründen der Reinlichkeit abgeleckt hatte. Dafür hatte sie sich dabei zu viel Zeit gelassen und zugleich Steffen angesehen. Sein Blick klebte in diesem Augenblick geradezu an ihrem Mund. Auch als unsere Freundin irgendwann ihr Handtuch vom Kopf löste, lag etwas sehr Sinnliches in ihrer Bewegung. Jetzt war ich mir ziemlich sicher, dass sie dazu übergegangen war, ihn zu verführen. Ihre Bewegungen mit Pizza, Fingern, Lippen und Zunge sowie ihre Blicke in seine Richtung waren dabei so dezent, dass Steffen das vermutlich noch nicht bewusst wahrnahm – auch wenn ich ihm ansah, dass die Gesten wirkten. Die Macht dezenter Andeutungen war oftmals größer als die offener Signale. Tabia beherrschte es meisterhaft, beides zu unterscheiden – und im richtigen Moment von einem auf das andere umzuschalten.

Unwillkürlich schaute ich auf den Schoß meines Mannes, um zu sehen, ob sich da vielleicht schon etwas regte. Doch Steffen trug Jeans, und da war nicht wirklich etwas zu erkennen. Seine Augen hingegen sprachen Bände. Oh ja, mein Mann war heiß auf unseren Messebesuch! Aber daran hatte ich ja ohnehin keinen Zweifel.

Als das Essen beendet war, lehnte Tabia sich auf ihrem Stuhl ein wenig zurück und legte ein Bein über das andere. Dass dabei ihr kurzes Kleid noch weiter nach oben rutschte, lag in der Natur der Sache – und war vermutlich auch beabsichtigt. Sie lehnte sich so weit zurück, dass nun eigentlich ihr Slip darunter zu sehen sein müsste, dachte ich. Doch da war nichts zu sehen. Jedenfalls kein Slip. Ich konnte es zwar nicht genau erkennen, aber ich war mir nun fast sicher, dass meine Freundin unter ihrem Kleid komplett nackt war. Das wurden nun doch recht offene Signale, stellte ich fest. Jedenfalls war Steffen bestimmt nicht entgangen, was auch ich gesehen hatte – zumal er so zu ihr saß, dass er das besser erkennen konnte als ich.

Wenn er jetzt nicht bemerkte, dass sie ihn anmachte, dann war ihm nicht mehr zu helfen. Zumal sie ihn jetzt nicht nur dezent ansah, sondern ihn mit ihrem Blick geradezu fixierte. Dabei führte sie ihr Rotweinglas wie in Zeitlupe an den Mund, um daraus einen sehr kleinen Schluck zu nehmen. Sie stellte das Glas wieder ab, ohne meinen Mann aus den Augen zu lassen. Im nächsten Moment stand auch sein Glas auf dem Tisch – und seine Hand lag auf ihrem nackten Bein. Na also, hörte ich die Stimme der Erotikfee in mir.

„Schönes Kleid", sagte er und ließ seine Hand höher wandern.

„Das finde ich auch", stimmte ich zu, rückte näher an meine Freundin heran und legte meine Hand auf ihr anderes Bein.

Tabia erwiderte nichts, lächelte aber erst meinen Liebsten an und anschließend mich. Dann schloss sie die Augen und öffnete die Beine.

Steffens und meine Finger trafen sich in ihrem Schoß. Es wunderte mich keineswegs, dass Tabia bereits ein wenig feucht war und mein Finger fast mühelos zwischen ihre Schamlippen gleiten konnte.

Steffen konnte nicht widerstehen, diese Feuchtigkeit zu schmecken. Er kniete sich vor Tabias Stuhl und tauchte mit dem Kopf zwischen ihre Oberschenkel. Bevor er aber ihre Muschi erreichte, führte ich einen Finger zu seinen Lippen, den er bereitwillig ableckte – und so einen Vorgeschmack davon bekam, was ihn als nächstes erwartete.

Tabia stöhnte leicht auf, als Steffens Zunge über ihre Schamlippen strich. Er leckte sie anfangs sanft, dann aber immer gieriger und ich sah beiden an, wie sehr sie das genossen. Dennoch verdrängte ich meinen Mann nach einer Weile aus dem Schoß unserer Freundin – um dort genau das zu tun, was er soeben getan hatte. Der Gedanke, dass die Feuchtigkeit, die ich nun schmeckte, eine Mischung aus Tabias Erregung und Steffens Speichel war, machte mich an. Ich legte viel Gefühl in mein Lecken und brauchte nicht lange, um meiner Freundin einen Höhepunkt zu bescheren, der sie still durchzuckte.

Als ich kurz darauf wieder aus ihrem Schoß auftauchte, sah ich, wie Steffen sie küsste und mit der
Hand ihren Busen massierte. Auch ich wollte sie küssen. Ich richtete mich auf, verdrängte Steffen von ihrem Mund, meine Zunge spielte mit der ihren, aber
mein Liebster gesellte sich sofort wieder dazu, sodass
es ein Zungenspiel zu dritt wurde.

„Wollen wir denn vielleicht mal ins Schlafzimmer
gehen?", fragte Steffen schließlich.

Niemand erwiderte etwas, aber alle standen wir
auf und verließen die Küche. Im Schlafzimmer streif-
ten Steffen und ich gemeinsam Tabia das Kleid ab,
sodass sie nun nackt vor uns stand und begann, Steffens Hemd aufzuknöpfen. Ich half ihr dabei, ganz
langsam legten wir seinen unbehaarten Oberkörper
frei, ließen unsere Finger darüber gleiten, dann auch
unsere Lippen, bevor diese weiter nach unten wanderten. Gemeinsam öffneten wir seinen Gürtel, den
Knopf seiner Jeans, den Reißverschluss. Schließlich
zogen wir ihm die Hose aus.

Tabia und ich setzten uns auf die Kante des großen
Doppelbetts – sie nackt und ich noch immer komplett
angezogen –, während Steffen vor uns stehen blieb.
Vier Hände wanderten nun über seinen Körper – und
dabei auch über die mächtige Beule in seinem Slip,
die das kleine Kleidungstück beinahe zu sprengen
drohte. Schließlich befreiten wir seine Männlichkeit
aus dem viel zu engen Stoff. Sein großer, steifer
Schwanz sprang uns regelrecht entgegen.

Tabia griff sofort danach und nahm ihn in den
Mund. Ich ließ sie aber nicht allein damit, sondern

leckte ebenfalls an dem steifen Teil, bis Tabia und ich die Rollen tauschten. Während ich ihn blies, liebkoste sie ihn mit Lippen und Zunge, bevor wir abermals wechselten. Als ich dabei kurz nach oben blickte, sah ich in das geradezu verklärte Gesicht meines Mannes, der sichtlich genoss, was wir gemeinsam mit ihm taten. Als ich kurz darauf in meinem Mund die ersten Anzeichen eines nahenden Höhepunktes wahrnahm, entließ ich den Schwanz an die Luft.

Tabia griff danach und setzte fort, was ich soeben beendet hatte. Wollte sie ihn etwa zum Spritzen bringen? Oder hatte sie nicht bemerkt, dass er fast so weit war? Es hätte mich nicht gewundert, wenn er im nächsten Augenblick in ihrem Mund gekommen wäre. Aber Tabia wusste sehr genau, was sie tat. Ihre Lippen waren wohl nur sehr sanft um seinen Schwanz geschlossen. Dann hielt sie in ihrer Bewegung inne. Sie schielte zu ihm, und er sah sie mit offenem Mund und großen Augen an. Steffens Blick schien zu sagen: Ja, mach weiter! Ich komme! Ich will dir in den Mund spritzen. Aber er sagte nichts, sondern wartete ab, was sie tun würde.

Im nächsten Moment ließ sie sein steifes Teil aus dem Mund herausgleiten. Ich erkannte, dass Tabia ihn jetzt ebenso wenig zum Spritzen bringen wollte wie ich. Sie hatte ihn nur noch ein ganz klein wenig näher an den Orgasmus herangebracht, bevor sie die Sache dann abbrach. Und ganz offensichtlich hatte sie diese wenigen Sekunden seiner Vorfreude sehr genossen, wie die Teufelin in mir grinsend feststellte.

Nein, dachte ich und Tabia vermutlich ebenfalls. Spritzen soll er noch nicht. Da sollte vorher noch mehr passieren.

Steffen atmete tief durch. Vermutlich hätte er in diesem Augenblick nichts dagegen gehabt, in Tabias oder meinem Mund zu kommen. Mein Mann liebte es sehr, wenn er so etwas tun durfte – vor allem bei einer anderen Frau als bei mir. Allerdings hatte er bei unseren Swinger-Abenteuern schon mehrfach feststellen müssen, dass nicht jede Frau so etwas mit sich machen ließ. Auch ich war keineswegs bereit, von jedem Mann das Sperma zu schmecken. Da musste schon so manches passen, dass ich einem Fremden dieses sehr intime Geschenk machte. Bei Tabias Mann hatte ich das bereits getan – ebenso wie sie bei meinem Mann. Doch jetzt in diesem Augenblick war das einfach nicht dran, befanden meine Freundin und ich.

Aber unser kleiner Break war nicht störend – auch nicht für Steffens Stimmung. Als wir beide aufstanden, spürte ich Tabias Finger unter meinem Pulli, zu denen sich umgehend männliche Hände gesellten. Die beiden zogen mir das Kleidungsstück über den Kopf, und beugten sich anschließend zu meinen Brüsten. Nun war ich es, die im Mittelpunkt stand: Ich spürte männliche Lippen an der einen Brustwarze und weibliche an der anderen. Beide leckten und saugten daran, allerdings nicht sehr lange. Bald darauf gingen sie vor mir auf die Knie, öffneten auch meine Jeans und zogen sie mir aus. Meinen Slip verlor ich ebenfalls dabei, sodass wir nun endlich alle drei nackt waren und uns im nächsten Augenblick auf unserem großen Doppelbett wiederfanden.

Wir streichelten und küssten uns gegenseitig, bis Tabia sich schließlich auf den Rücken legte, ihre Beine öffnete und Steffen einen Luftkuss zuwarf. Er kniete sich vor sie, sein steifer Schwanz war nun nicht mehr weit von ihrem Schoß entfernt. Ich griff in das Schälchen auf dem Nachttisch, nahm ein Kondom heraus, riss die Verpackung auf und rollte meinem Liebsten das Gummi über den Schwanz. Bevor er sich zwischen Tabias Beine legte, küsste er mich. Ich wusste, dass er es mochte, wenn ich seinen Schwanz für einen Fremdfick vorbereitete. Anschließend nahm er unsere Freundin in der Missionarsstellung.

Ich legte mich neben Tabia und unsere Lippen fanden sich zu einem ausgedehnten Kuss. Auf die Weise spürte ich indirekt Steffens Stöße in ihr. Bald fand seine Hand den Weg zwischen meine Oberschenkel. Während er Tabia fickte, streichelte er meine Muschi, die mittlerweile ziemlich feucht war. Erst als er sein Tempo erhöhte, zog er seine Hand wieder von mir zurück. Er konzentrierte sich nun ganz auf Tabia, was ich gut verstehen konnte. Beide, so hatte ich den Eindruck, waren fast so weit. Allein Tabias verklärter Blick und ihr schneller werdender Atem zeigten das sehr deutlich. Kurz darauf schrie sie ihren Orgasmus heraus. Was für ein Unterschied zu ihrem leisen Höhepunkt kurz zuvor in der Küche, schoss es mir durch den Kopf. Steffen ließ sich nicht beirren und stieß mit unverminderter Heftigkeit in sie. Bald darauf kam auch er in ihr.

Als mein Liebster sich aus ihr zurückzog, war sein Schwanz bereits etwas eingefallen. Er zog das Gummi ab und warf es achtlos neben das Bett – auch wenn er ganz genau wusste, dass die Hausfrau in mir das nicht so toll fand.

Aber mein tadelnder Blick erreichte ihn nicht, und der ablenkende Gedanke in meinem Kopf verflüchtigte sich auch sofort wieder, als Tabia meinen Bauchnabel küsste und dann mit den Lippen weiter in meinen Schoß wanderte. Gefühlvoll verwöhnte sie mich mit ihrer Zunge, und ich stellte wieder einmal fest, dass Frauen so etwas anders machten als Männer – vor allem Tabia! Ihr Lecken war weich und sanft und zugleich sehr intensiv. Sie verwöhnte meinen Kitzler, ohne ihn zu sehr zu reizen. Es war die perfekte Mischung und einfach nur wundervoll, was sie mit mir anstellte. Sie bescherte mir kurz hintereinander zwei Orgasmen, beide ganz sanft und ruhig, die aber dennoch meinen ganzen Körper zum Zittern brachten. Beim zweiten Mal hatte ich fast den Eindruck, dieses Zittern würde kein Ende nehmen.

Als ich schließlich wieder zur Ruhe gekommen war, wollte ich mich revanchieren. Ich drückte meine Freundin auf den Rücken und legte mich in der 69er-Stellung auf sie. Während ich den Duft ihrer feuchten Muschi einatmete, spürte ich ihre Hände an meinem Po und gleich darauf erneut ihre Zunge zwischen meinen Schamlippen. Wir leckten uns gleichzeitig, und Tabia hatte bald einen weiteren Höhepunkt. Bei mir dauerte es etwas länger, aber schließlich durchströmte auch mich ein weiterer Orgasmus.

Erst als wir schließlich wieder zu uns kamen, realisierte ich, dass Steffen nicht mehr bei uns war. Irritiert schaute ich auf und entdeckte ihn im Sessel neben dem Bett. In der Hand hielt er sein Handy, mit dem er soeben ein Foto machte.

„Was wird das denn?", fragte ich.

„Eine der heißesten Bilderserien, die ich je gemacht habe", erwiderte er. „Diesen Anblick von zwei sich verwöhnenden Amazonen musste ich unbedingt festhalten."

„Ach so, musstest du?", fragte ich zurück und war mir unschlüssig, ob ich mich geschmeichelt fühlen sollte oder doch besser gegen das unerlaubte Fotografieren protestieren müsste.

Zwar hatte ich nichts gegen heiße Fotos, aber ich wollte doch zumindest gefragt werden. Es waren ja keineswegs die ersten Bilder dieser Art, die von mir oder uns entstanden waren. Es gab auch ein paar Bilder, die Tabia und Steffen beim Sex zeigten – ebenso wie Bilder, auf denen Tabias Mann und ich es taten. Wir vier hatten uns schon mehrfach wechselseitig bei unseren Aktionen fotografiert. Einige der Bilder hatten wir auch in unser Joyclub-Profil eingebunden. Eins zeigte von hinten die auf Steffen reitende Tabia, und sein in ein Gummi verpackter Schwanz war deutlich zu erkennen. Das Bild in dem Profil sollte nicht einfach nur Lust machen, sondern auch eine kleine Botschaft aussenden: Interessierte Paare sollten wissen, dass Partnertausch für uns nur geschützt infrage kam. Ein ganz ähnliches Bild war am selben Abend von Tabias Mann Marius und mir entstanden. Auch das war auf unserer Seite zu besichtigen – und im Profil unserer Freunde ebenfalls. Grundsätzlich hatte ich überhaupt keine Probleme mit solchen Fotos. Aber in diesem Augenblick fühlte ich mich überrumpelt. Auch wenn ich nicht so recht hätte erklären können, warum eigentlich. Vielleicht war es der abrupte Wechsel von sinnlicher Erotik mit Tabia und dem nüchternen Klicken der Handykamera.

Tabia teilte meine Gedanken offensichtlich nicht.

„Zeig mal", sagte sie, stieg aus dem Bett und setzte sich zu Steffen auf die Seitenlehne des Sessels.

Damit verflüchtigte sich auch mein innerer Protest wieder. Ich setzte mich auf die andere Seite des Sessels neben ihn und gemeinsam betrachteten wir die Bilder, die mein Liebster soeben gemacht hatte. Es wäre doch schade, wenn diese schönen Fotos nicht entstanden wären, flüsterte die Erotikfee in mir. So ganz widersprechen mochte ich ihr nicht. Vielleicht sah ich die Dinge manchmal etwas zu eng. Ich ahnte, dass es demnächst vermutlich ein neues Bild in unserem Profil geben würde – und ich wusste auch, welches.

Als Tabia irgendwann mit Steffens eingefallenem Schwanz zu spielen begann, legte er sein Handy zur Seite und lehnte sich im Sessel zurück. Auch meine Hand wanderte in seinen Schoß und beteiligte sich an dem Spiel dort. Zunächst zeigte das allerdings wenig Wirkung.

„Was meinst du", fragte Tabia und zwinkerte mir zu: „Ob wir den noch mal zum Leben erwecken?"

„Wir könnten es zumindest versuchen", entgegnete ich – obgleich ich eigentlich keinen Zweifel daran hatte, dass uns das gelingen würde.

Gemeinsam knieten wir uns vor den Sessel und verwöhnten meinen Liebsten erneut mit Lippen und Zungen. Jetzt musste er sich wirklich wie ein Pascha fühlen, schoss es mir durch den Kopf. Zwar hatten wir ihn ja auch schon zu Beginn des Liebesspiels gemeinsam verwöhnt, aber nun saß er dabei in einem großen, bequemen Sessel und wir knieten auch noch vor ihm – beinahe wie Untertaninnen, die ihrem Herrscher zu Füßen lagen. Wie ich schon mehrfach gehört hatte, kam dies dem Wunschtraum so ziemlich aller Männer auf diesem Planeten wohl recht nah. Steffens Fantasie realisierten wir damit jedenfalls ganz bestimmt.

Es wunderte mich keineswegs, dass sich sein Schwanz bald wieder vollends aufrichtete – ungeachtet der Tatsache, dass sein letzter Orgasmus noch nicht lange her war. Aber so hatte ich ihn bei unseren Swinger-Abenteuern schon mehrfach erlebt: Wenn die Situation besonders prickelnd war, brauchte mein Mann keine lange Erholungspause.

Tabia ließ seinen Schwanz aus ihrem Mund gleiten, schaute Steffen verführerisch lächelnd an und sah sich im nächsten Moment um. Offensichtlich etwas unglücklich stellte sie fest, dass die Kondome nicht in Griffweite lagen.

„Macht nichts", sagte ich, stand auf und setzte mich auf Steffens Schoß. „Jetzt bin ohnehin ich erst mal dran."

„Ach so", erwiderte Tabia, während der Schwanz meines Liebsten in mir verschwand.

Sie gab mir einen Kuss und kuschelte sich an Steffen. Ich ritt auf ihm, und sie liebkoste dabei meine Brüste sowie Steffens Oberkörper. Zugleich spürte ich die Hände meines Mannes an meinen Pobacken, die er mit kräftigem Griff festhielt. Als Tabia dann auch noch eine Hand in meinen Schoß gleiten ließ und meinen Kitzler streichelte, erlebte ich rasch meinen nächsten Orgasmus. Dieses Mal war ich lauter.

Tabia stand auf und kam im nächsten Moment mit einem Kondom in der Hand zurück. Sie setzte sich erneut auf die Seitenlehne und sah uns an. Während Steffen unvermindert in mich stieß, pendelte ihr Blick zwischen ihm und mir.

„Jetzt ich?", fragte sie mit erwartungsfrohem Blick und wedelte mit dem Kondom vor unseren Nasen, ohne die Verpackung aufzureißen.

„Zu spät", stieß Steffen jedoch schwer atmend hervor, und ich spürte seinen Orgasmus in mir.

Tabia verzog das Gesicht zu einem süß-sauren Lächeln. Glücklicherweise kannte ich meine Freundin gut genug, um zu wissen, dass ihr Schmollmund nur Spiel war.

„Die Nacht ist ja noch jung", sagte ich lächelnd und gab ihr einen Kuss, während Steffens Stöße in mir schwächer wurden und schließlich ganz erstarben.

Mein Liebster zog bei meinen Worten allerdings eine Augenbraue nach oben, und ich ahnte warum. Nach seinem zweiten Orgasmus war er wohl ernsthaft unsicher, ob er wirklich noch einmal die nötige Standfestigkeit finden würde. Eigentlich hatte er mich in dieser Hinsicht bisher selten enttäuscht. Nun ja, dachte ich, wir werden sehen.

Es wurde eine zärtliche Nacht – auch wenn es zu dritt in unserem Ehebett dann doch ein bisschen eng war. Jedenfalls, wenn man schlafen wollte. Und da wir alle drei einen Arbeitstag vor uns hatten, waren zumindest ein paar Stunden Schlaf recht sinnvoll.

Allerdings hatte ich anfangs Mühe mit dem Einschlafen, während ich bemerkte, dass die anderen beiden bereits ins Reich der Träume entschwunden waren. Steffen lag in der Mitte und hatte sich mit seinem Schoß an mich gekuschelt. Ich konnte seinen Schwanz an meinem Po spüren. Ob er wohl tatsächlich schon schlief? Ich spannte die Pomuskeln an, sodass ich seinen Schwanz damit ein wenig reizte. Darauf reagierte er normalerweise recht gut – wenn er denn wach war. Doch nichts geschah. Sein Schwanz blieb schlaff, mein Liebster zeigte keine Reaktion.

Das war doch eine ganz gute Möglichkeit, jemanden zu fragen, ob er schon schläft – ohne, dass man das aussprechen und den anderen somit stören musste. Bei dem Gedanken musste ich grinsen und spannte meine Pobacken erneut an. Und erneut kam keine Reaktion, sodass auch ich schließlich einschlief.

Tatsächlich hatten wir in dieser Nacht keinen weiteren Sex mehr. Lediglich streichelnde Hände wanderten gelegentlich hin und her. Ansonsten aber genoss ich einfach nur die nackten Körper dieser beiden vertrauten Menschen hier im Bett – und war froh, dass das Klingeln des Weckers am anderen Morgen nicht brutaler war als sonst auch.

Mittwoch:
Wichtige Termine und sexy Dessous

Steffen stellte einmal mehr unter Beweis, dass er Versorger-Gene in sich trug. Trotz früher Morgenstunde ging er zum Bäcker und holte Brötchen für ein gemeinsames Frühstück – während Tabia und ich halbwegs in Ruhe duschen und uns anziehen konnten.

Als ich meiner Freundin beim Anlegen ihres Business-Outfits zusah, fiel mir ihr gepolsterter BH ins Auge, mit dem sie ihrer Oberweite etwas mehr Volumen gab – jedenfalls optisch. Sollte sie den irgendwann ausziehen, würde es für männliche Augen aber eine kleine Enttäuschung geben, dachte ich, sprach es aber nicht aus.

„Was hast du denn vor?", fragte ich sie.

„Na, zur Messe gehen. Was sonst? Ich habe einige ziemlich wichtige Termine heute."

„Ich meine wegen deiner Dessous: Push-up-BH, halterlose Strümpfe, ein String, der eher ein Hauch von einem Nichts ist …"

„Ich habe nicht die Absicht, im Laufe des Tages irgendwann mein Kostüm oder noch mehr auszuziehen", entgegnete sie. „Aber ich fühle mich wohl in diesen Sachen. Ich *weiß*, dass ich darin sexy wirke. Das ist gut für mein Selbstbewusstsein. Und davon kann ich heute eine Menge brauchen."

So hatte ich das noch nicht gesehen. Aber die Erklärung leuchtete mir ein. In diesem Moment beschloss ich, vor unangenehmen beruflichen Terminen auch mal sexy Unterwäsche anzuziehen – und die Wirkung auf mich selbst zu testen.

Tabias Termine an diesem Tag reichten offenbar auch über den offiziellen Messeschluss hinaus. Jedenfalls kam kurz nach 18 Uhr eine SMS, in der sie mitteilte, dass es bei ihr heute möglicherweise sehr spät werden würde und wir bitte nicht mit dem Abendessen auf sie warten sollten. Das fand ich zwar schade, aber der Job ging nun einmal vor. Schließlich war Tabia nicht unseretwegen in Hannover – jedenfalls nicht ausschließlich. Sie hatte einen Wohnungsschlüssel und konnte ihre Zeit somit völlig unabhängig planen. Als Steffen und ich an diesem Abend ins Bett gingen, war unsere Freundin noch immer unterwegs.

Es war schon weit nach Mitternacht, als ich die Wohnungstür hörte. Obgleich Tabia sehr leise war, wurde ich wach. Unbewusst hatte ich wohl doch auf ihre Rückkehr gewartet. Da ich ohnehin noch einmal ins Bad musste, stand ich auf – obgleich ich noch gut in Erinnerung hatte, wie sehr mich als Teenager ein solches Verhalten bei meiner Mutter stets genervt hatte. Aber das hier war natürlich etwas ganz anderes.

Tabia schlich mit ihren Pumps in Händen über den Flur unserer Wohnung, offensichtlich bemüht, keinen Krach zu machen – was unser altes Eichenparkett allerdings erschwerte.

„Habe ich dich geweckt?", fragte sie schuldbewusst und sah mich an.

„Nein, kein Problem. Ich musste ohnehin mal ins Bad", entgegnete ich durchaus ehrlich.

Tabia bog ins Arbeitszimmer ab und ich murmelte ihr nach: „Jetzt weiß ich wenigstens, warum ich das Sofa da bezogen habe."

Sie drehte sich um, lächelte, warf mir einen Luftkuss zu und war verschwunden.

Donnerstag: Ein überraschender Gast

Obgleich sie mit Sicherheit ein erhebliches Schlafdefizit hatte, war Tabia beim Frühstück am nächsten Morgen ausgesprochen munter. Sie erzählte von ihrem ersten Messetag und war richtig aufgedreht dabei. Zweifellos machte ihr der Job Spaß, und sie fand es toll, dass ihr Chef sie zur Cebit nach Hannover geschickt hatte. Was Steffen und ich ja auch fanden.

„Ich habe da gestern eine total nette Amerikanerin kennengelernt", berichtete sie irgendwann beiläufig. „Eine ganz Süße."

„Eine ganz Süße?", echote Steffen und grinste: „Dann bring sie doch mal mit."

Tabia erwiderte sein Grinsen, zuckte aber lediglich mit den Schultern. Damit war das Thema abgehakt. Dachte ich jedenfalls. Steffen hatte einen lockeren Spruch gemacht, und das wars. Oder hatte Tabia seine Aufforderung vielleicht ernst genommen? Als ich mir etwas später an diesem Tag ihren Gesichtsausdruck ins Gedächtnis rief, war ich mir da nicht mehr so sicher. Anschließend vergaß ich die Sache aber.

Mein Liebster hatte einen vollen Terminkalender an diesem Tag und musste nach einem eher eiligen Frühstück zügig aufbrechen – nachdem er sich von uns beiden mit einem hingebungsvollen Kuss verabschiedet hatte. Tabia und ich konnten noch halbwegs in Ruhe einen Kaffee trinken, bevor auch wir uns unseren Jobs zuwandten.

„Steffen war von der Nacht zu dritt ziemlich begeistert", sagte ich zu ihr, als er verschwunden war.

„Schön", entgegnete sie und lächelte mich über den Rand ihrer Tasse liebevoll an. „Das ging mir genauso."

„Mir auch. Ich mag den Sex mit dir. Sehr! Aber für ihn war das ein besonderes Erlebnis, weil er die ganze Nacht allein mit zwei Frauen verbringen konnte. Das hat ihn ganz schön angemacht. Und ich glaube, davon habe ich in der vergangenen Nacht auch noch profitiert", fügte ich schmunzelnd hinzu.

„Soll heißen?", fragte sie, obgleich sie sich natürlich denken konnte, was ich damit meinte.

„Als ich nach meinem kurzen Gang ins Bad wieder ins Bett geschlüpft bin, ist Steffen wach geworden und hat wohl auch mitbekommen, dass du nach Haus gekommen bist. Da war er plötzlich wieder sehr wach. Jedenfalls an den entscheidenden Stellen."

„Aha", stellte Tabia fest.

„Ich glaube, als wir da zusammen geschlafen haben, hatte er die Fantasie, du könntest auch wieder dazukommen."

„War er enttäuscht, dass das nicht der Fall war?"

„Nein, das sicher nicht. Manchmal reicht ja auch das Kopfkino."

„Jaja, das kommt mir bekannt vor. Marius macht der Gedanke auch an, zwei Frauen exklusiv für sich zu haben."

„Nur der Gedanke?"

„Die Realität natürlich noch mehr. Aber so oft hatten wir das noch nicht. Eine einzelne Frau für ein Abenteuer zu dritt zu finden, ist nicht ganz einfach."

„Auch nicht für dich? Ich meine, du hast ja doch eine sehr ernsthafte Neigung zum eigenen Geschlecht. Und bei Joyclub gibt es doch auch jede Menge Frauen, die Frauen suchen."

„Sicher. Aber die wollen dann nicht unbedingt einen Mann mitspielen lassen. Für ein rein lesbisches

Abenteuer lässt sich eher eine Frau finden. Aber Marius ausklammern will ich auch nicht. Jedenfalls nicht allzu oft", fügte sie vielsagend hinzu.

„Die Einstellung finde ich gut", entgegnete ich. „Ich finde es auch besser, solche Dinge gemeinsam zu erleben."

„Hattest du schonmal einen Alleingang, ohne dass Steffen davon wusste?"

„Nein, aber er."

„Ach! Ernsthaft?"

„Ja, jetzt grad vor ein paar Wochen beim Skilaufen. Da hat er sich über Mittag allein mit der anderen Frau vergnügt, ohne dass ihr Mann oder ich davon wussten. Das fand ich im ersten Moment eigentlich nicht so toll."

„Und im zweiten Moment?"

„Da hat es mich irgendwie auch erregt. Ich habe die beiden nämlich überrascht – und dann ganz einfach mitgemacht."

„Gute Reaktion!", erwiderte Tabia. „Das war ja schließlich auch ein Swinger-Urlaub."

„Ja, das stimmt. Ich finde es trotzdem besser, mit offenen Karten zu spielen."

„Da hast du sicher recht", bestätigte meine Freundin, trank ihren letzten Kaffee aus, und auch wir beendeten unser Frühstück.

Wir hatten uns alle drei auf einen langen Arbeitstag eingestellt. Nicht nur Steffen, auch ich hatte heute diverse Termine, die sich vermutlich lange hinziehen würden, wie ich ahnte. Schließlich kannte ich diese Art von Besprechungen, die mein Chef für heute angesetzt hatte. So etwas wurde meist zäh, selten ergebnisreich und niemals vergnügungssteuerpflichtig.

Tabias Rat vom Vortag folgend, zog ich für diesen Arbeitstag sexy Unterwäsche an – und stellte fest, dass mein Freundin recht behalten sollte: Ich fühlte mich attraktiv in den Dessous, und allein das stärkte mein Selbstbewusstsein. Die Sachen bekam zwar niemand zu sehen, aber darum ging es ja auch nicht. Allerdings registrierte ich zufrieden, dass mehr als nur ein Kollege einen interessierten Blick auf meine Beine warf, die in schönen Strümpfen steckten, von denen wegen meines kurzen Rocks relativ viel zu sehen war. Manchmal machte es einfach Spaß, Frau zu sein – selbst im Büro.

Tabia konnte mit ihrem Messeeinsatz private Dinge nur schwer planen. Deshalb überließen wir es dem Zufall, ob wir uns an diesem Abend zu dritt sehen würden oder nicht. Meine Tagträume gingen allerdings immer wieder in diese Richtung. Während mein Chef über neue Konzepte und Planungen sprach, hatte ich das Bild meiner in Dessous gekleideten Freundin vor Augen, welche mit ihrem Mund hingebungsvoll den Schwanz meines Mannes verwöhnte. Ich hatte sehr viel Lust auf eine weitere Nacht zu dritt, wie die Erotikfee in mir immer wieder feststellte, während ich auch lange nach diesem ausgedehnten Vormittags-Meeting auf meinen PC starrte und mich eigentlich auf ganz andere Dinge konzentrieren musste.

Dabei wanderten meine Gedanken auch schon ein wenig in die Zukunft. Ich hoffte sehr, dass Tabias Mann es schaffen würde, am Wochenende zu uns zu kommen. So geil dieser Sex zu dritt auch war – ein Vierer mit einem anderen Paar war doch noch eine andere Sache. So etwas war schon immer meine liebste Spielart beim Swingen gewesen.

Ich zuckte regelrecht zusammen, als plötzlich eine Kollegin neben meinem Schreibtisch stand und mir eine Mappe mit Unterlagen präsentierte, die ich durcharbeiten sollte – während sie eine andere Mappe von mir brauchte.

„Tauschen wir?", fragte sie freundlich lächelnd und hielt mir ihre Unterlagen hin.

„Ja, natürlich", entgegnete ich und musste in mich hineingrinsen.

In der Stimmung, in der ich in diesem Augenblick war, erzeugten ihre Worte ganz andere Bilder in mir als den Tausch von Arbeitsunterlagen. Das ganz besondere Hobby, dem Steffen und ich in der Welt der Swinger nachgingen, hatte manchmal auch im Büro kleine Nebenwirkungen, wie meine Erotikfee leise kichernd feststellte.

Ich war mir sicher, dass auch Steffen heute immer wieder Tagträume haben würde. Wann war endlich Feierabend? Und wann würde Tabia nach Haus kommen?

Zu meiner freudigen Überraschung fiel das letzte Nachmittags-Meeting aus, sodass ich mich früher auf den Heimweg machen konnte, als ich das erwartet hatte. Als ich meine Jacke aus dem Schrank nahm, fing es draußen gerade zu regnen an.

„Bleib trocken!", rief mir deshalb noch ein Kollege nach, als ich aufbrach.

Ich nickte nur und grinste erneut in mich hinein. Ganz bestimmt nicht, merkte meine Erotikfee an und schob mir schon wieder Bilder eines hoffentlich erotischen Abends in mein Kopfkino. Als ich schließlich in der U-Bahn saß, verstärkten sich die wilden Gedanken noch. Während ich aus dem Fenster gegen die dunkle Tunnelwand blickte, sah ich mich zwischen meinem Mann und unserer Freundin beim sinnlichen Liebesspiel in unserem Ehebett. Ob sich der Dreier von Dienstagnacht wohl heute tatsächlich wiederholen würde? Und falls ja: Was würde heute anders sein?

Wenige Stationen bevor ich aussteigen musste, setzte sich ein ziemlich attraktiver Mann auf den Platz mir gegenüber und sah mich an. Nicht offen, sondern eher mit einem verstohlenen, heimlichen Blick, den ich als ganz charmant empfand – und irgendwie auch als Kompliment. Mit seinen breiten Schultern und dem Dreitagebart sah der Fremde schon ziemlich lecker aus – genau der Typ Mann, bei dem ich im Swingerclub oder bei anderen entsprechenden Dates liebend gern schwach wurde. Natürlich tat ich so, als bemerkte ich seine Blicke nicht. Dennoch öffnete ich ein ganz klein wenig meine Beine. Vermutlich kaum merklich für mein Gegenüber (hoffte ich zumindest), aber wohl doch weit genug, dass er mir dezent unter den kurzen Rock schielen konnte. Vermutlich würde er nun den Ansatz meiner Strümpfe erkennen, stellte ich mir vor. Oder war mein Rock vielleicht sogar so weit hochgerutscht, dass er auch meinen Slip erkennen konnte? Ganz sicher war ich mir da nicht und stellte fest, dass der Gedanke mich erregte.

Ob ich ihm einfach mal in die Augen sehen sollte? Besser nicht. Wer wusste schon, wie er das in Verbindung mit den Einblicken, die ich ihm in diesem Augenblick gewährte, auffassen würde. So wie ich an ihm vorbeisah, konnten mein hochgerutschter Rock und die dezent geöffneten Beine ja auch Zufall sein, der überhaupt nichts mit ihm zu tun hatte – was ja letztlich auch der Fall war. Ich hatte schließlich auch ohne ihn bereits eine gewisse Erregung gespürt. Die allerdings hatte seine Anwesenheit noch verstärkt, und es war prickelnd, mit der Situation zu spielen. Ob der Mann das wohl ähnlich wahrnahm? Männer sind oftmals Ignoranten, aber so etwas übersehen sie nicht, stellte meine Erotikfee fest.

Eine Minute später fuhr die U-Bahn in meine Station ein und ich stand auf. Ohne den fremden Mann anzusehen, ging ich zur Tür, die sich im nächsten Moment öffnen würde. Erst unmittelbar bevor ich ausstieg, warf ich dem Fremden einen Blick zu – und stellte fest, dass er mir nachgesehen hatte. Für eine halbe Sekunde trafen sich unsere Blicke. Ich schenkte ihm ein kurzes Lächeln und verließ den Wagen. Als die U-Bahn nun an mir vorbeifuhr, sah ich noch einmal durchs Fenster ins Innere und stellte fest, dass der Mann mich noch immer ansah. Unsere Blicke trafen sich ein zweites Mal, dann war der Zug im Tunnel verschwunden.

Du bist erotischen Spielereinen im Augenblick sehr zugeneigt, stellte die Erotikfee in mir fest, als ich mich im nächsten Moment von der Rolltreppe ans Tageslicht tragen ließ. Da hatte sie zweifellos recht. Und die Aussicht auf einen erotischen Abend verstärkte diese Empfindsamkeit weiter. Andererseits wusste ich natürlich nicht, was dieser Abend bringen konnte – und ob überhaupt etwas passieren würde.

Nach meinem relativ frühen Feierabend überlegte ich nun, was ich mit der geschenkten Zeit anstellen wollte. Nun einfach nur zu Haus warten, bis mein Liebster und dann hoffentlich auch bald meine Freundin heimkehrten, war kein verlockender Plan. Ich hätte Lust gehabt, Tabia und Steffen mit einem netten Abendessen zu verwöhnen, aber da es bei beiden ungewiss war, wann sie nach Haus kommen würden, verwarf ich den Gedanken wieder. Vielleicht konnte ich ja noch joggen gehen, überlegte ich – obgleich ich beim Verlassen der U-Bahn-Station den Regenschirm aufspannen musste. Aber ein bisschen Regen hatte mich eigentlich noch nie vom Laufen abgehalten, beschloss ich, als ich die Wohnungstür aufschloss. Schließlich kam man beim Joggen ja ins Schwitzen und wurde daher ohnehin nass.

Als ich meine Regenjacke an die Garderobe hängte, fiel mir Tabias Mantel ins Auge – was mich einigermaßen stutzig machte. Hatte sie den heute Morgen nicht angezogen? War sie vielleicht schon zurück? Ich sah mich in der Wohnung um und lauschte in die Stille. Aber es war nichts zu hören von ihr. Einem inneren Impuls folgend, zog ich dennoch meine Schuhe aus, schlich vorsichtig über den Flur und umging jene Stelle im Eichenparkett, die besonders gern und laut knarrte, wenn man darauf trat. Irgendwie hatte ich das Gefühl, dass hier etwas nicht stimmte. Die Tür zum Arbeitszimmer war offen, Tabias Tasche stand neben dem Schlafsofa. Die Schlafzimmertür hingegen war geschlossen.

Ich legte mein Ohr an diese Tür und hörte leise, aber eindeutige Geräusche von drinnen. Tabia war also tatsächlich hier – und vergnügte sich in diesem Augenblick ganz offensichtlich in meinem Bett mit meinem Mann. Was ich aus dem Schlafzimmer hörte, klang sehr danach.

Ich atmete tief durch und spürte Groll in mir. Je mehr ich darüber nachdachte, umso mehr verärgerte mich die Situation. Ich wurde richtig wütend – auf beide! Steffen hatte einen ganz ähnlichen Alleingang ein paar Wochen zuvor im Skiurlaub unternommen. Ich hatte ihm sehr deutlich gesagt, dass ich das nicht so toll fand. Und mit Tabia hatte ich an diesem Morgen sogar noch über dieses Thema gesprochen. Ihr war also sehr bewusst, wie ich die Dinge sah. Dennoch vögelte sie nur ein paar Stunden später in meiner Abwesenheit und ohne mein Wissen mit meinem

Mann! Dass sie auch in der vorletzten Nacht Sex mit ihm gehabt hatte, war etwas ganz anderes!

Ich stand eine kleine Weile vor der verschlossenen Tür zu meinem Schlafzimmer. Sollte ich ebenso reagieren wie vor ein paar Wochen in der Ferienwohnung in Österreich? Was willst du denn sonst tun, fragte die Erotikfee in mir. In die Küche gehen und Tee trinken, während dein Mann und deine Freundin vögeln? Und die beiden dann anschließend fragen, ob es schön war?

Da hatte sie natürlich recht. Die beiden in Ruhe zu lassen, war keine Option, beschloss ich, während ich mich im Flur auszog. Nur noch bekleidet mit Slip und Strümpfen, öffnete ich leise die Tür. Zunächst nur ein klein wenig, um hineinschauen zu können, ohne selbst sofort bemerkt zu werden. Jedenfalls hoffte ich, dass mir das gelingen würde. Tatsächlich funktionierte es.

Was mir als erstes in den Blick fiel, waren diverse Kleidungsstücke auf dem Fußboden, welche offensichtlich auf dem Weg zum Bett verlorengegangen waren. Dann fiel mir Tabias nackter Po auf. Meine Freundin saß oben und ich sah, wie sie ihr Hinterteil lustvoll im Liebesspiel bewegte. Ich wusste, dass sie diese Position mochte und ausgesprochen gern auf einem Mann ritt. Es hätte mich auch keineswegs gewundert, wenn ich zwischen ihren schönen Pobacken Steffens Schwanz entdeckt hätte. Doch den hatte sie nicht in sich. Ziemlich verblüfft stellte ich fest, dass sie überhaupt nicht auf dem Schoß eines Mannes saß, sondern auf dem einer anderen Frau, von der ich in diesem Augenblick lediglich die braunen Beine sehen konnte. Offenbar hatte Tabia Steffens Spruch beim Frühstück ernst genommen und ihre amerikanische Kollegin mitgebracht, schoss es mir sofort durch den Kopf. Aber dass die zwei jetzt in meinem Bett lagen, verblüffte mich doch einigermaßen.

Die beiden Frauen küssten sich leidenschaftlich, wie ich feststellte, als ich ein Stück weiter ins Schlafzimmer hineinging. Offensichtlich waren sie sehr beieinander. Jedenfalls nahmen sie von mir nicht die geringste Notiz – auch nicht, als ich näherkam. Ich war nun sehr unsicher, was ich tun sollte. Mich einfach dazulegen konnte ich eigentlich kaum – auch wenn das hier schließlich meine Wohnung war, mein Schlafzimmer, mein Bett, meine Freundin.

Aber die andere Frau war eine vollkommen Unbekannte für mich. Schließlich waren wir hier nicht im Swingerclub, wo es nicht ungewöhnlich war, auch Fremde einfach anzufassen. So etwas hatte ich auf diversen Spielwiesen verschiedener Clubs immer wieder erlebt – und durchaus genießen können, wenn es sich um die richtigen Hände handelte. Auch ich neigte zuweilen dazu, in solchen Situationen Menschen in der Nähe ganz einfach mal zu ertasten. Im Swingerclub war so etwas normal und durchaus erwünscht. Dafür gab es ja die großen Spielwiesen dort. Aber das hier war etwas anderes. Diese Situation machte mich ratlos.

So setzte ich mich in den Sessel neben dem Bett und betrachtete einfach nur, was sich da abspielte.

Noch immer nahmen die beiden Frauen in meinem Bett nicht die geringste Notiz von mir. Die Fremde hatte lange schwarze Haare, ähnlich lang, wie Tabia sie vor einiger Zeit noch getragen hatte. Der Unterschied war nur, dass diese Haare nicht glatt, sondern kraus waren. Die Haut der Frau war deutlich dunkler als die meiner Freundin. Kaffeebraun, schoss es mir durch den Kopf. Nicht wie schwarzer Kaffee, sondern eher wie Kaffee mit Milch, wenn auch nicht allzu viel Milch. Eine Afroamerikanerin vermutlich – aber eine, unter deren Vorfahren sicherlich auch Weiße oder was auch immer gewesen waren, wie ich mutmaßte. Jedenfalls eine tolle Hautfarbe!

Von ihrem Gesicht war leider nicht viel zu sehen. Die beiden Frauen waren noch immer in ihrem zärtlichen, schier endlosen Kuss versunken. Dafür konnte ich einigermaßen gut erkennen, dass die Fremde wohl einen recht großen Busen hatte, auch wenn Tabia in diesem Moment auf ihr lag und mir so teilweise die Sicht nahm.

Meine Freundin hob den Kopf ein wenig und strahlte die Frau unter sich an. Die blickte deutlich ernster auf ihre Liebhaberin – mit großen, dunkelbraunen Augen, die beinahe den Anschein hatten, als seien sie schwarz. Als Tabia sich dabei weiter aufrichtete, fielen mir die schönen, großen Brüste der fremden Frau besser in den Blick – zwischen denen Tabia im nächsten Moment ihr Gesicht vergrub. Als sie kurz darauf die Brustwaren zu küssen begann, wanderten fast automatisch meine Hände zu meinen eigenen Nippeln, die sich sehr schnell aufrichteten. Die Fremde schloss die Augen, öffnete den Mund ein wenig und genoss ganz offensichtlich die Liebkosungen. Was ich gut verstehen konnte. Schließlich wusste ich nur zu gut, wie zärtlich Tabias Lippen sein konnten.

Meine Freundin wanderte mit ihrem Kopf über den Bauch und schließlich zwischen die Beine der anderen Frau, die diese weit öffnete. Als sie mit der Zunge über ihre Muschi strich, ließ die Fremde ein leises Wimmern vernehmen, während sie ihre Hände auf Tabias Kopf legte und diesen in ihren Schoß drückte.

Tabia konzentrierte sich nun wohl ganz auf das, was sie da tat – und ich konnte erkennen, wie die Erregung der kaffeebraunen Schönheit größer wurde. Irgendwann ertappte ich mich dabei, wie sich meine Hand in meinen Schoß geschoben hatte. Ganz unbewusst hatte ich begonnen, an meiner Muschi zu spielen – wenn auch nur durch den Slip hindurch.

Vermutlich war es mein Fuß, den ich dabei auf die Bettkannte stellte, der schließlich die Aufmerksamkeit der fremden Frau auf mich lenkte. Jedenfalls drehte sie irgendwann den Kopf zur Seite – nicht sehr weit, aber doch weit genug, um mich zu entdecken. Mit großen und ausgesprochen erstaunten Augen starrte sie mich an – während ich ihr mit geöffneten Beinen den Blick auf meinen mittlerweile ziemlich feuchten Slip präsentierte.

Für einige Sekunden sahen wir uns nur in die Augen. Dann aber griff die Frau zu Tabias Schultern und zog ruckartig daran. Ich konnte erkennen, dass meine Freundin eher widerwillig darauf reagierte. Endlich tauchte ihr Kopf dann aber doch aus dem Schoß auf und sie blickte irritiert ins Gesicht der Fremden. Die sah meine Freundin an und deutete wortlos mit einer Kopfbewegung in meine Richtung.

Tabia schaute zur Seite und entdecke mich ebenfalls. Im ersten Moment lag in ihrem Blick Erstaunen, dann aber sofort Heiterkeit. Von der peinlichen Verwirrung, die das Gesicht der anderen Frau zeigte, war bei meiner Freundin nichts zu entdecken. Aber Tabia war ohnehin selten etwas peinlich, wie ich wusste.

Dafür war ich es, die sich jetzt ertappt fühlte – obgleich wir uns ja schließlich in *meinem* Schlafzimmer befanden. Doch ich war ohne Erlaubnis in das Liebesspiel der beiden Frauen eingedrungen. Und nun saß ich hier fast nackt neben dem Bett, schaute ihnen zu und hatte dabei die Finger in meinem Schoß. Ich fühlte mich wie ein erwischter Spanner – was ich irgendwie ja auch war.

„Komm her", sagte Tabia zu mir, und ich registrierte im Blick der fremden Frau ein noch größeres Erstaunen – vor allem, als ich der Aufforderung folgte, aufstand und mich direkt neben das Bett stellte.

Als meine Freundin eine Hand an mein Bein legte und meine Haut zu streicheln begann, zögerte die andere Frau noch – aber nicht allzu lange. Auch sie ließ nach wenigen Augenblicken ihre Finger über meinen Oberschenkel wandern. Beide setzten sich auf den Rand des Bettes, während ich zunächst noch davor stehenblieb. Ich schloss für ein paar Sekunden die Augen und wartete ab, was geschehen würde.

Die vier Hände, die nun über meinen Körper wanderten, waren sanft und zärtlich – ebenso wie die beiden Lippenpaare, die mich zu liebkosen begannen. Bald spürte ich auch Finger an meinem Slip, beide Frauen griffen danach und zogen ihn mir aus, sodass ich nun lediglich noch meine schwarzen Netzstrümpfe trug. Ansonsten war ich nackt.

Tabias Lippen legten sich auf meinen Venushügel und wanderten langsam zwischen meine Oberschenkel. Ich stellte ein Bein auf das Bett, um ihr den Zugang zu meiner Muschi zu erleichtern. Als ihre Zunge meine Schamlippen erreichte, spürte ich das andere Lippenpaar an meinen Brüsten. Während Tabia mich zu lecken begann, küsste die fremde Frau meine Brustwarzen.

Ich weiß nicht, ob es an meiner Vorarbeit im Sessel lag oder an Tabias zärtlichen Liebkosungen oder auch dem, was die andere Frau da an meinen Brüsten tat. Vermutlich war es alles zusammen – und natürlich die ganze Situation, die mich unglaublich erregte: Jedenfalls hatte ich sehr schnell einen Höhepunkt, der meinen Körper zum Zittern brachte. Als ich es nicht mehr aushalten konnte, griff ich zu den Köpfen der beiden und hielt sie fest. Vor allem den von Tabia.

Sie drückte mir einen letzten Kuss auf die Muschi, stand dann auf, umarmte und küsste mich. Als sich unsere Lippen wieder voneinander lösten, stand die andere Frau neben ihr und sah mich an. Ihr Blick war nun deutlich weicher als noch vor einigen Minuten. Offensichtlich hatte sie mein Eindringen in das Liebesspiel inzwischen akzeptiert. Als ich sie anlächelte, erwiderte sie dies jedenfalls. Wie selbstverständlich fanden sich auch unsere Lippen zu einem Kuss – und der wurde sehr weich und zärtlich. Anschließend küssten sich auch die beiden anderen Frauen.

„Das war wundervoll", sagte ich. „Aber ich glaube, jetzt sollten wir da weitermachen, wo ihr gerade wart, als ich euch gestört habe."

„Du hast nicht gestört", entgegnete Tabia. „Aber ansonsten stimme ich dir zu."

Die andere Frau sagte nichts, aber in ihrem Blick lag freudige Erwartung, als sie sich erneut auf den Rücken legte und ihre Beine öffnete.

Wir begannen sie zu streicheln, doch bald folgten unsere Lippen den Wegen unserer Hände. Tabia vergrub abermals ihren Kopf in dem Schoß der fremden Frau, während ich ihre Brüste sanft massierte und küsste. Ein wunderschöner Busen, schoss es mir durch den Kopf. Das wäre etwas für Steffen und seine Vorliebe für Busenfick. Mein Mann war jedoch nicht hier, und eigentlich fand ich das in diesem Augenblick auch ganz in Ordnung so. Ich genoss den sanften, harmonischen Sex mit den beiden Frauen. Auch wenn ich im Zweifelsfall normalerweise einem Mann den Vorzug gab: Hier und jetzt wollte ich nichts anderes, als in diesem Frauendreier zu versinken.

Auf einen Dreier hatte ich für diesen Abend ja den ganzen Tag schon gehofft. Allerdings hatte ich nicht diese sehr besondere Variante in Erwägung gezogen. Das Leben war doch manchmal voller Überraschungen – vor allem, wenn man eine Freundin wie Tabia hatte.

Als ich mich mit meinen Lippen zum Schoß der Fremden tastete, gab meine Freundin den Platz zwischen diesen Beinen frei – wenn auch ein wenig zögerlich. Ich küsste die unbekannten Schamlippen und tauchte dann mit der Zunge dazwischen ein. Natürlich wunderte es mich nicht, dass diese Muschi sehr feucht war. Während ich sie verwöhnte, bewegte die Fremde ihr Becken immer mehr, begann zu stöhnen, wurde dabei immer lauter und schrie ihren Orgasmus schließlich heraus.

Auch sie konnte meine Liebkosungen irgendwann wohl nicht mehr aushalten. Jedenfalls nahm sie meinen Kopf in ihre Hände und zog mich aus ihrem Schoß. Unsere Blicke trafen sich, und sie strahlte mich mit großen Augen an. Ich erwiderte ihren Blick und legte mich neben sie. Während ich ihre Brustwarze küsste, tat Tabia auf ihrer anderen Seite genau das Gleiche.

„Jetzt du", sagte die Fremde kurz darauf an Tabia gewandt.

Dem konnte ich nur zustimmen. Gemeinsam drückten wir meine Freundin auf den Rücken, wo sie uns bereitwillig ihre Beine öffnete. Die fremde Frau vergrub ihren Kopf dazwischen und begann, Tabia zu verwöhnen. Als ich sie nach einer Weile dort ablösen wollte, hatte ich allerdings keinen Erfolg. Die dunkelhäutige Schönheit schien sich im Schoß meiner Freundin regelrecht vergraben zu haben. Jedenfalls hörte sie nicht auf, bis es Tabia kam – und nach einer kurzen Abklingzeit auch noch ein zweites Mal. Ich beschränkte mich währenddessen auf Tabias Brüste und ihre Lippen. Wobei ich mich an ihrem lustvoll-verklärten Gesichtsausdruck nicht sattsehen konnte, als sie ihre beiden Orgasmen erlebte.

Die Fremde verharrte noch ein wenig im Schoß meiner Freundin, wartete, bis auch der zweite Höhepunkt abgeklungen war, gab ihr noch einen flüchtigen Kuss auf die Schamlippen und tauchte schließlich wieder aus Tabias Schoß auf. Ihr nun wieder deutlich ernster gewordener Blick pendelte zwischen uns, bevor sie schließlich in gutem Deutsch, wenn auch mit deutlich amerikanischem Klang in der Stimme, zu mir sagte:

„Wer bist du eigentlich?"

„Kirsten, und du?"

„Amy", entgegnete sie und fügte hinzu: „Und was tust du hier?"

„Ich wohne hier."

„Ach so, ja klar. Du bist das also."

„Ja, ich bin das", entgegnete ich – auch wenn ich nicht so ganz genau wusste, was sie mit „das" gemeint hatte.

Beinahe wie in einem Swingerclub, grinste meine Erotikfee. Erst hatte man Sex miteinander, dann stellte man sich vor. Das war im Club zwar auch nicht unbedingt der Normalfall, aber Steffen und ich hatten das durchaus bereits erlebt – auch schon mehr als einmal. In meinem eigenen Schlafzimmer war so etwas aber noch nicht vorgekommen. Die Swingererlebnisse, die hier bisher stattgefunden hatten, hatten wir logischerweise stets mit Menschen gehabt, die wir bereits kannten – wenn auch nicht unbedingt immer allzu lange.

„Ich hoffe, du bist nicht sauer, dass wir einfach das Schlafzimmer benutzt haben", sagte Tabia – und ich hatte beinahe den Eindruck, als sei sie nun doch einmal verlegen.

Ein kleines bisschen zumindest.

„Sehe ich so aus?", entgegnete ich.

„Nicht wirklich", erwiderte sie und umarmte mich liebevoll.

„Möchte jemand einen Kaffee?", fragte ich und verursachte damit im ersten Moment zwei erstaunte Gesichter.

Im zweiten Augenblick allerdings nickten beide nur. So ging ich in die Küche und kehrte kurz darauf mit drei gefüllten Tassen zurück.

Amy erzählte, dass sie ebenfalls für die Cebit nach Hannover gekommen sei und am Nachbarstand Tabia kennengelernt habe. So erfuhr ich, weshalb unsere Freundin am Vorabend erst so spät nach Haus gekommen war. Die beiden Frauen waren noch durch die Stadt gezogen und sich dabei nähergekommen. Weshalb sie heute in meinem Schlafzimmer gelandet waren und nicht in Amys Hotel, erzählten sie mir nicht. Ich fragte auch nicht danach. Aber ich sollte es noch erfahren.

„Wisst ihr eigentlich, was heute für ein Tag ist?", fragte Tabia.

„Donnerstag", entgegnete ich.

„Richtig. Und was noch?"

„Was meinst du?", erwiderte ich, und auch Amy sah sie fragend an.

„Heute ist der 8. März", verkündete Tabia breit grinsend. „Und damit Weltfrauentag. Ich finde, wir würdigen diesen Tag auf die perfekte Art und Weise. Meint ihr nicht?"

Dem war wohl nicht zu widersprechen. Amy und ich stimmten in ihr Grinsen ein. Manchmal hatte Tabia doch eine süße Art, die Dinge zu deuten. Was wohl die Frauen zu dieser sehr besonderen Interpretation gesagt hätten, die ein Jahrhundert zuvor diesen Tag ins Leben gerufen hatten?

Wir blieben eine ganze Weile auf dem Bett sitzen, und irgendwann begannen wir wieder, aneinander herumzufummeln – oder genauer gesagt: Amy und Tabia streichelten sich. Die beiden Frauen waren wirklich heiß aufeinander, stellte ich fest. Dass sie beide vor Kurzem erst befriedigt worden waren, schienen sie schon wieder vergessen zu haben, hatte ich den Eindruck, als sie sich nun auf dem Bett sitzend umarmten und küssten. Beide schoben eine Hand in den Schoß der anderen und streichelten sich gegenseitig.

So wie sie sich da gegenübersaßen, mit geöffneten Beinen und nur wenig Abstand, kam mir ein Gedanke. Ich beugte mich aus dem Bett, zog eine kleine Kiste darunter hervor und öffnete sie. Darin bewahrte ich ein paar Spielzeuge auf, die Steffen und ich manchmal benutzen – gelegentlich auch mal, wenn lieber Besuch da war. Zum Geburtstag hatte Steffen mir im Januar einen biegsamen, pinkfarbenen Doppeldildo geschenkt, der so richtig noch gar nicht zum Einsatz gekommen war. Ich hatte ihn zwar schon benutzt, auch Steffen hatte ihn bereits an mir ausprobiert, aber eigentlich war so ein Teil ja für den Einsatz zwischen zwei Frauen gedacht. Und so wie Tabia und Amy da nun saßen, hatte ich den Eindruck, dass mein neuer Doppeldildo dort hinwollte – in die Muschis der beiden Frauen.

Ich nahm eine Gleitcreme und bereitete das Spielzeug für den Einsatz vor. Amy zuckte allerdings im ersten Moment zurück und schloss reflexartig die Beine, als ich den langen Dildo zwischen sie und Tabia schob. Sie betrachtete, was ich da in der Hand hielt und öffnet erst nach einigen Sekunden und auch eher zögerlich wieder ihre Beine. Bevor ich jedoch tun konnte, was ich vorhatte, hielt die Amerikanerin meine Hand fest und drehte den Doppeldildo um – sodass Tabia nun die dickere und sie selbst die etwas dünnere Seite des Kunstpenis im Schoß hatte. Erst jetzt hatte sie nichts mehr dagegen, dass ich den flexiblen Dildo nach und nach in die Muschis der beiden Frauen schob.

Ich sah Tabia an, dass es sie erregte, als ich das Spielzeug hin- und herbewegte. Auf die Weise simulierte ich einen sanften Fick für die beiden – den Tabia aber wohl mehr genießen konnte als Amy. Meine Freundin streichelte sich während meiner Aktion selbst, und hatte bald einen neuen Höhepunkt. Amy hingegen spielte nur halbherzig mit, sodass ich sie bald wieder von dem Spielzeug befreite. So etwas war wohl nicht ihre Welt. Schade eigentlich, dachte ich. Der Anblick war sehr erotisch gewesen.

Als sich Tabia im nächsten Augenblick in den Schoß der Amerikanerin beugte, um sie mit der Zunge zu verwöhnen, gefiel ihr das sichtlich besser. Auch dass ich mich zugleich ihren Brüsten zuwandte und diese liebkoste, verstärkte ihre Erregung. Wir vergaßen meine Spielzeugkiste und fielen ähnlich übereinander her, wie wir das vor unserer Kaffeepause bereits getan hatten. Wechselseitig küssten und streichelten wir uns und verwöhnten einander mit Händen, Zungen und Lippen. Auch Amys Kopf verschwand dabei zwischen meinen Oberschenkeln, wo ihre Zunge und Finger mich zu einem wundervollen Höhepunkt brachten. Sie machte das sehr gefühlvoll. Diese Frau wusste sehr genau, wie sie einer anderen Frau Lust bereiten konnte. In der Hinsicht war sie Tabia sehr ähnlich.

Nachdem Amy mir diesen Höhepunkt geschenkt hatte, tauchte sie aus meinem Schoß auf und strahlte mich an – ihr Mund von meiner Erregung sichtlich feucht. Offenbar freute es sie, dass sie mich befriedigt hatte. Ihr strahlender Blick gefror jedoch plötzlich und ihre Miene nahm ein großes Fragezeichen an, als sie im nächsten Moment an mir vorbeisah. Irritiert drehte ich mich um – und entdeckte meinen Mann, der im Sessel saß und uns zusah. Er war komplett angezogen mit Jeans und Oberhemd, hatte ein halbvolles Weinglas in der Hand, die Beine entspannt übereinander geschlagen und ein lüsternes Lächeln im Gesicht. Offenbar gefiel ihm die Liveshow, die wir ihm unbewusst geboten hatten.

Du liebe Güte, dachte ich. Seit wann war der denn hier? Ich war so sehr in diesem ungewöhnlichen Dreier versunken gewesen, dass ich sein Erscheinen nicht im Geringsten mitbekommen hatte. Und meine beiden Gespielinnen offensichtlich auch nicht.

Oh, oh, murmelte die Mahnerin in mir. Nicht mein Mann hatte ohne mein Wissen Sex gehabt, wie ich vorhin beim Lauschen an der Schlafzimmertür gemutmaßt hatte, sondern ich ohne sein Wissen. Glücklicherweise neigte mein Liebster aber nicht dazu, mir so etwas übelzunehmen. Allein sein entspannter Blick auf uns drei zeigte mir deutlich, dass er nichts gegen das einzuwenden hatte, was sich hier soeben abspielte. Eher im Gegenteil.

Steffen war schon immer etwas großzügiger mit solchen Dingen gewesen als ich – vor allem, wenn ich lediglich Sex mit einer Frau und nicht mit einem anderen Mann hatte. Oder, wie in diesem Fall: mit zwei Frauen.

Amy hingegen wirkte bei seinem Anblick alles andere als entspannt. Sie drückte ihre Beine zusammen, gerade so, als müsse sie ihr Allerheiligstes vor einer drohenden Gefahr schützen. Zudem versuchte sie, mit einem Arm ihre Brüste zu bedecken – was bei ihrer üppigen Oberweite aber nur eine sehr begrenzte Wirkung zeigte.

„Wer bist du?", fragte sie einigermaßen fassungslos.

„Steffen", entgegnete mein Liebster lediglich ohne den Anflug einer Erklärung.

Als die auch nach ein paar Sekunden noch immer ausblieb, fragte Amy nach:

„Und was tust du hier?"

„Naja", entgegnete er gelassen und in einem milden Ton: „Da du in meinem Bett liegst, müsste eigentlich ich dir diese Frage stellen. Da ich aber sehe, was du gerade mit meiner Frau und unserem Messegast tust, erübrigt sich die Frage wohl."

Amy sah mich an, dann Tabia, dann erneut mich und schließlich wieder Steffen, bevor sie kopfschüttelnd neben das Bett deutete und fragte:

„Werden da heute im Laufe des Abends noch mehr Leute in diesem Sessel auftauchen?"

Steffen tat so, als müsse er nachdenken, sah auf die Uhr, dann zur Tür, dann wieder auf die Uhr und entgegnete schließlich: „Nein, vermutlich nicht."

Ich sah ihm an, dass er einige Mühe hatte, dabei ein Grinsen zu unterdrücken. Die Situation schien ihn ungemein zu belustigen – anders als unseren amerikanischen Gast.

„Na ein Glück", stieß Amy hervor – noch immer reichlich verwirrt über den abermaligen Zuwachs an Personen in diesem Schlafzimmer.

Ihre Irritation wurde auch nicht gerade kleiner, als Steffen nun aufstand und sich ungeniert auszog. Ganz offensichtlich hatte er die Absicht, sich zu uns zu gesellen – und das nun nicht mehr nur als Zuschauer. Ich sah an Tabias Schmunzeln, dass ihr diese Variante durchaus gefiel. Auch ich war nicht abgeneigt, für unseren Frauen-Dreier eine männliche Erweiterung zu erhalten.

Lediglich bei Amy war ich mir nicht so sicher. Sie wirkte nicht sonderlich glücklich angesichts dieser Entwicklung. Aber was sollte sie tun? Schließlich war sie Gast hier – und nicht Steffen. Protestieren konnte sie also schlecht. Sie hätte allenfalls aufstehen und gehen können. Aber das wollte sie offenbar auch nicht. Also tat sie, was auch Tabia und ich taten: Sie sah meinem Mann beim Ausziehen zu und wartete ab, was passieren würde.

Als Steffen schließlich nackt war, richteten sich ihre nun größer gewordenen Augen auf seinen bereits vollends steifen und nicht gerade kleinen Schwanz. Das war wieder einmal einer der Augenblicke, in denen ich Stolz auf meinen gut gebauten Liebsten verspürte. Ich erlebte es ja nicht zum ersten Mal, dass eine Frau seine eindrucksvolle Männlichkeit mit bewundernden Blicken zur Kenntnis nahm. Aber selten waren die Augen dabei so groß wie die von Amy in diesem Augenblick.

Steffen krabbelte zu uns aufs Bett, gab mir einen Kuss und anschließend auch Tabia. Doch beim Versuch, auch Amy auf die Weise zu begrüßen, scheiterte er. Sie wich zurück, ließ sich nicht von ihm anfassen und flüchtete regelrecht auf die andere Seite des Bettes, wo sie sich eng an Tabia schmiegte – beinahe wie ein kleines Kind, das Schutz bei seiner Mutter suchte. Was war das denn? Hatte sie eine solche Scheu vor meinem Mann? Nun ja, auch nach meinem Erscheinen hier im Schlafzimmer hatte Amy etwas gebraucht, sich an die neue Situation zu gewöhnen, stellte die Realistin in mir fest. Das wird sich schon geben, ergänzte meine Erotikfee zuversichtlich. Ich beschloss, ihr zuzustimmen.

Steffen bedrängte Amy nicht weiter, sondern ließ seine Hände ausschließlich über Tabias und meinen Körper gleiten. Er küsste uns beide erneut und wanderte dann mit seinen Lippen über Tabias schlanken Körper – bis hinab in ihren Schoß. Ich wusste, dass er dort bereits auf viel Feuchtigkeit stoßen würde. Wir waren ja nicht gerade erst am Anfang unseres Liebesspiels.

Als mein Liebster zwischen den Beinen meiner Freundin abgetaucht war, beugte ich mich über ihn hinweg zu Amy und küsste sie. Mir gegenüber war sie wieder recht aufgeschlossen. Sie erwiderte meinen Kuss mit offenen Lippen, unsere Zungen tanzten miteinander, sie streckte eine Hand zu mir aus und streichelte meine Brüste. Nein, die Lust verloren hatte sie offensichtlich nicht. Sie blieb jedoch in einer leichten Habachthaltung und wirkte nicht mehr so entspannt, wie das vor Steffen Erscheinen gewesen war.

Als wir uns wieder voneinander lösten, legte ich eine Hand auf Steffen und ließ diese über seinen Rücken und seinen Po wandern. Zögernd und sehr vorsichtig legte nun auch Amy ihre Fingerspitzen auf Steffens Haut. Es hatte beinahe der Anschein, als wisse sie nicht so recht, ob sie das tun durfte oder nicht. Allerdings war es wohl eher so, dass sie nicht wusste, ob sie das tun wollte. Allmählich aber wurden ihre Berührungen auf seinem Arm und an seiner Schulter stärker, bevor sie schließlich auch ihre Hand zu seinem Po gleiten ließ.

Obgleich Steffen intensiv mit Tabia beschäftigt war, bekam er sicherlich mit, dass auch Amy vorsichtig Kontakt zu ihm aufgenommen hatte. Zunächst reagierte er darauf nicht weiter – auch wenn ich mir sicher war, dass es ihn erregte. Die Berührungen eines fremden Menschen waren schließlich immer besonders aufregend. Und Amy war für ihn bisher ja noch völlig unbekannt.

Erst nach einer Weile tauchte er wieder aus Tabias Schoß auf und sah uns lächelnd an. Amys eher ernster Blick veränderte sich zwar nicht, aber sie wich ihm auch nicht mehr aus. Ich gab Steffen einen flüchtigen Kuss, griff zu seinem Schwanz und nahm ihn in den Mund – während er sich bequem auf den Rücken drehte und mit Tabia zu knutschen begann, wie ich aus den Augenwinkeln gut wahrnehmen konnte.

Amys Finger folgten mir nach einer Weile – wenn auch nur bis zu den Hüften. Sie legte ihren Kopf auf seinen Oberschenkel und sah mir beim Blasen zu. Ich lächelte sie an, zwinkerte ihr zu, aber noch immer zeigte ihr ernster Blick allenfalls Neugierde, nicht aber allzu viel Lust. Als ich Steffens Schwanz wieder an die Luft ließ und ihn ein wenig in ihre Richtung drückte, zuckte Amy leicht zurück. Sie hatte wohl ganz richtig verstanden, dass ich ihr nun anbot, was ich soeben noch zwischen den Lippen gehabt hatte. Doch offenbar konnte sie sich nicht entschließen, Steffens Männlichkeit ebenfalls in den Mund zu nehmen. Immerhin tastete sie danach und nahm den Schwanz vorsichtig in die Hand – während sie ihn mit sehr großen Augen betrachtete.

Ich hätte Steffens bestes Stück in diesem Augenblick zu gern im Mund dieser dunkelhäutigen Schönheit gesehen. Konnte ich sie wohl dazu animieren? Ich kam wieder etwas näher zu ihr, küsste sie und ließ anschließend meine Zunge über Steffens Eichel gleiten. Ich leckte daran, während Amy den Schwanz noch immer in der Hand hielt und sanft daran rieb. Erneut küsste ich Amy, womit ich ihr gewissermaßen einen Vorgeschmack geben wollte. Doch das blieb ohne die erwünschte Wirkung.

Zu meinem Erstaunen tat sie dann aber etwas anderes: Sie kniete sich in Steffens Schoß und nahm seinen Schwanz zwischen ihre vollen Brüste, die sie mit ihren Händen fest zusammenpresste. Mein Liebster hatte schon immer eine Vorliebe für Busenfick gehabt – vor allem, wenn eine Frau eine derart große und schöne Oberweite hatte wie Amy. Das wusste sie natürlich nicht – weshalb sie vermutlich auch kaum ahnte, wie sehr sie ihn gerade damit anmachte. Ein Blick zum Gesicht meines Liebsten bestätigte mir diese Vermutung.

Steffen sah mit großen Augen zu uns und unterstützte das, was Amy da tat, mit eigenen Bewegungen. Ich sah ihm an, wie seine Erregung immer größer wurde. Schließlich beugte er sich zu Amy, zog sie aus seinem Schoß und küsste sie – so unvermittelt, das sie sich kaum dagegen hätte wehren können. Wollte sie wohl aber auch nicht mehr, hatte ich den Eindruck. Sie ließ es mit sich machen und erwiderte seinen Kuss sogar. Auch dass Steffen währenddessen seine Hand in ihren Schoß schob, akzeptierte sie nun. Sie griff erneut zu seinem Schwanz und rieb daran – nun deutlich fester als kurz zuvor.

Das Eis war gebrochen; Tabia und ich tauschten verschwörerische Blicke. Meine Freundin war über diese Entwicklung augenscheinlich ebenso erfreut wie ich. Jetzt, so schoss es mir durch den Kopf, war aus unserem anfänglichen Frauen-Dreier wirklich ein Vierer geworden – ein Vierer mit nur einem Mann.

Steffen drückte Amy auf den Rücken. Sie zögerte einen Augenblick, öffnete dann aber ihre Beine. Nicht sehr weit, aber doch immerhin so weit, dass man das als Einladung verstehen konnte. Und Steffen verstand es auch ganz genau so. Vermutlich erwartete sie, dass er sie lecken würde. Doch stattdessen griff er zum Nachttisch und nahm ein Kondom aus dem Schälchen. Er riss es auf, warf die Verpackung achtlos zur Seite und rollte sich das Gummi innerhalb weniger Sekunden über den Schwanz. Kein Zweifel: Mein Mann hatte große Lust auf die schöne, fremde Frau: Er wollte mit ihr ficken.

Sie allerdings nicht mit ihm.

Geradezu erschrocken schob sie blitzartig ein Bein über das andere und legte zudem beide Hände in ihren Schritt. Deutlicher konnte ein Nein kaum sein. Das Schütteln ihres Kopfes hätte sich eigentlich erübrigt.

Steffen blickte sie enttäuscht an. Er musste feststellen, dass Amy ihre Einladung zurückgezogen hatte. Dieser Schoß war für ihn nun wieder fest verschlossen. Damit hatte er offensichtlich nicht gerechnet, nachdem Amy sich so bereitwillig von ihm hatte küssen und befingern lassen. Aber Küssen und Streicheln war eben doch noch etwas anderes, als mit einem Menschen zu schlafen.

Ein bisschen tat er mir jetzt leid. Da kniete der Mann nun – sichtlich erregt und mit einem Gummi über dem Schwanz. Doch die Frau vor ihm verweigerte sich. Tabia nahm die Situation offenbar genauso wahr.

„Du darfst *mich* ficken", sagte sie und schmiegte sich an ihn – um sich im nächsten Moment neben Amy zu legen und ihre Beine zu öffnen.

Steffen nahm das Angebot gern an – auch wenn wir alle wussten, dass er es in diesem Augenblick lieber mit der anderen Frau getan hätte. Glücklicherweise nahm Tabia das recht locker und fühlte sich wohl auch nicht wie die zweite Wahl. Schließlich war sie eine erfahrene Swingerin und wusste, dass beim Gruppensex die Frage „Wer mit wem" immer mal wieder neu beantwortet wurde – und das manchmal auch ziemlich spontan. Meine Freundin war heiß auf meinen Mann, und sie zeigte ihm das. Sie drückte ihm von Anfang an ihr Becken entgegen, als er sie mit tiefen und heftigen Stößen in der Missionarsstellung nahm. Amy lag daneben und betrachtete die beiden mit dem interessierten Blick der unbeteiligten Zuschauerin.

Allerdings war ich nicht gewillt, sie allzu lange dieser Rolle zu überlassen. Ich krabbelte zu ihr und küsste ihre Oberschenkel. Daraufhin entspannte sie sich wieder und öffnete erneut die Beine. Ich begann das zu tun, was sie wohl von meinem Liebsten erwartet hatte. Als meine Zunge zwischen ihre Schamlippen eintauchte, stöhnte sie leise auf. Sie war noch immer sehr feucht. Oder schon wieder? Auf jeden Fall hatte ich nicht den Eindruck, dass ihre Lust verflogen war. Aber offensichtlich hatte sie in diesem Augenblick weit mehr Lust auf eine Zunge an ihrer Muschi als auf einen Schwanz in ihrem Schoß. Das konnte ich in diesem Augenblick zwar nicht so recht nachvollziehen, aber das musste ich ja auch nicht. Die Vorlieben der Menschen waren schließlich unterschiedlich. Glücklicherweise.

Amy und Tabia waren fast gleichzeitig so weit. Steffen fickte meine Freundin zu einem Höhepunkt, den sie laut herausschrie. Und als der noch nicht ganz abgeklungen war, stimmte auch Amy in den Orgasmusschrei ein. Sie bewegte ihren Schoß heftig unter meinen Liebkosungen. Ich blickte zu ihr, und sie sah mich mit großen Augen und offenem Mund an. Ja, dachte ich, das hatte sie genießen können. Ihr Blick war jetzt lustvoller und zudem viel weicher als kurz zuvor beim Anblick von Steffens in Latex verpacktem Schwanz. Den hatte sie wohl als bedrohlich wahrgenommen. Nun ja, nicht jede Frau mochte so große

Schwänze. Und der meines Mannes war nun einmal alles andere als klein.

Steffen zog sich nun aus Tabia zurück. Sie drehte sich um und präsentierte ihm ihren Po. Aber den gleichen Gedanken hatte auch ich. Und um keinen Zweifel aufkommen zu lassen, dass ich nun an der Reihe war, nutzte ich den Moment, in dem der Schwanz meines Liebsten einfach nur steif und steil in die Luft ragte, um ihm das Kondom abzuziehen. Tabia schaute zwar etwas verdutzt, quittierte meine Aktion aber mit einem zustimmenden Achselzucken. Ist ja nett, dass sie dir deinen Mann auch mal überlässt, grinste meine Erotikfee. Ich kniete mich neben meine Freundin und Steffen nahm mich von hinten.

Er fickte mich tief und schnell, während Tabia und Amy sich seitlich an meinen Po schmiegten und aus nächster Nähe zusahen, wie wir es taten. Hätte er (oder wer auch immer) jetzt Fotos gemacht, hätte ich nichts dagegen gehabt. Ich konnte mir vorstellen, wie es aussehen musste, was da hinter mir geschah – und bedauerte, dass ich es nicht sehen konnte.

„Zeig es uns, wenn es dir kommt", hörte ich Tabias Stimme, die ebenso eine Hand an meinem Po hatte wie Amy.

Ich war noch längst nicht so weit, und war etwas enttäuscht, dass Steffen dieser Aufforderung nur wenige Sekunden später nachkam. Er zog seinen Schwanz aus mir zurück und machte es sich wohl im letzten Augenblick selbst, wie ich zunächst vermutete. Doch als ich mich umsah, erkannte ich zwei Hände an seinem Schwanz: eine von Tabia und eine von Amy.

Die beiden hatten es gemeinsam für ihn zu Ende gebracht.

Steffens Sperma sprudelte heraus und ich spürte, wie es mir auf den Po klatschte. Doch es war auch noch an ganz anderen Stellen gelandet: auf Amys großen Brüsten und an ihrem Hals. Mein Liebster hatte einmal wieder mit viel Druck eine ziemliche Menge von seinem Saft verteilt. Auch Tabia hatte etwas abbekommen; ein Spritzer klebte an ihrer Wange. Weit mehr aber war bei Amy gelandet.

Ich konnte nicht anders, als die schöne Amerikanerin anzustarren. Der Anblick von Steffens weißem Sperma auf Amys dunkler Haut faszinierte mich in einer eigentümlichen Art und Weise.

Sie selbst empfand das wohl nicht so. In ihrem Blick lag eine Mischung aus Verblüffung und Empörung. Hatte sie denn nicht damit gerechnet, dass das passieren konnte? Schließlich hatte sie doch am Ende selbst dabei geholfen, diesen Schwanz zum Explodieren zu bringen. Und so, wie sie da hockte, war es kein Wunder, dass sie einiges abbekommen hatte.

„Lass das!", zischte sie plötzlich ziemlich unfreundlich und sah meinen Liebsten mit funkelnden Augen an.

Erst in diesem Moment realisierte ich, dass Steffen zu seinem Handy auf dem Nachttisch gegriffen hatte. Offenbar fand auch er den Anblick derart erregend, dass er ihn fotografieren wollte – was unserem Gast aber ganz und gar nicht behagte. Achselzuckend legte er sein iPhone wieder zurück, ohne ein Bild gemacht zu haben.

Amy blickte an sich herunter und wusste offensichtlich nicht so recht, wie sie mit dieser sehr besonderen Hautcreme auf ihren Brüsten umgehen sollte. Tabia hingegen wusste es – und ich auch. Gemeinsam küssten und leckten wir ihr Steffens Sperma von der Haut, bis nichts mehr davon übrig war. Diese Aktion gefiel ihr sichtlich besser als das, was zuvor geschehen war. Ihr Blick wurde wieder weicher, sie lächelte uns an und entspannte sich erneut. Als Tabia und ich uns dann auch noch küssten, sah sie uns mit großen Augen an. Dass wir sie in diesen Spermakuss einbeziehen wollten, war dann allerdings wieder eine Umdrehung zu viel. Ich ahnte, dass sie sich erst wieder von uns würde küssen lassen, wenn wir beide den Mund ausgespült hatten.

Aber das konnte ich durchaus verstehen. Nicht jede Frau mochte Sperma im Mund – schon gar nicht das von fremden Männern. Auch ich war bei unseren Swinger-Abenteuern in dieser Hinsicht sehr wählerisch. Nicht mit jedem Mann ließ ich mich auf diese Spielart ein.

Tabia hatte allerdings keine Probleme mit Steffens Saft in ihrem Mund. Aber die beiden kannten sich ja auch schon eine ganze Weile und recht gut. Auch ich hatte Tabias Mann Marius schon bis zum Ende geblasen und mir von ihm in den Mund spritzen lassen. Die beiden waren für uns im Laufe unseres Swinger-Lebens zu sehr besonderen Freunden geworden, weshalb ich es jetzt als ganz natürlich empfand, dass nicht nur ich, sondern auch meine Freundin das Sperma meines Mannes von Amys Haut leckte – und genau wie ich auch schluckte.

„Tut mir leid", sagte Steffen, ohne eine von uns direkt anzusehen. „Aber ich konnte nicht anders. Das war einfach zu verlockend."

Ich wusste nicht so ganz genau, ob er sich bei Amy für das Anspritzen entschuldigen wollte oder bei mir, weil er seinen Fick abgebrochen hatte, bevor es mir gekommen war. Tatsächlich war ich als Einzige in unserem Vierer der etwas anderen Art unbefriedigt geblieben. Doch das sollte sich erfreulicherweise ändern.

Tabia drückte mich auf den Rücken und vergrub ihren Kopf zwischen meinen Beinen. Sie begann mich zu lecken, und kurz darauf löste Amy sie dabei ab. Steffen legte sich zu mir und küsste mich währenddessen. Kurz darauf spürte ich Lippen an meinen Brüsten. Ich schloss die Augen und genoss einfach nur noch, was mit mir geschah: Ich wurde geküsst, gestreichelt, geleckt. Es war ein wundervolles Gefühl, so intensiv von drei Menschen verwöhnt zu werden. Dabei ließ ich mich so sehr fallen, dass ich gar nicht in jedem Augenblick hätte sagen können, wer da gerade was mit mir tat.

Als es mir schließlich kam, war ich ebenso laut, wie meine beiden Freundinnen ein paar Minuten zuvor. Der Orgasmus durchströmte meinen Körper und wollte beinahe kein Ende nehmen. Als er dann doch einigermaßen abgeklungen war, sah ich Tabia aus meinem Schoß auftauchen – und im nächsten Augenblick Amy küssen. Da musste wohl doch niemand den Mund ausspülen, stellte ich fest. Aber Tabia schmeckte inzwischen sicherlich auch weit mehr nach meiner Muschi als nach Steffens Sperma. Der Kuss der beiden Frauen war leidenschaftlich und dauerte lange.

Allmählich kamen wir alle wieder zur Ruhe. Allerdings hatte ganz offensichtlich niemand das Bedürfnis, das Bett zu verlassen. Warum auch?

„Wundervoll", sagte Steffen und strahlte uns an. „Drei Frauen allein für mich."

„Wie kommst du denn auf die Idee?", entgegnete Tabia.

„Das ist keine Idee", entgegnete mein Liebster. „Genau das ist hier soeben passiert."

„Nein", widersprach meine Freundin. „Hier ist etwas ganz anderes passiert."

„Nämlich?"

„Drei Frauen hatten Sex miteinander und haben dich freundlicherweise mitspielen lassen."

„Mir gefällt meine Sicht der Dinge besser", schmunzelte Steffen.

„Sind drei Frauen nicht eine Überforderung für einen Mann?", warf Amy ein.

„Ganz bestimmt nicht", erwiderte Steffen mit verschmitztem Grinsen: „Drei Frauen sind keine zu viel."

Mein Liebster fühlte sich nun noch mehr wie ein Pascha, als das zwei Nächte zuvor schon der Fall gewesen war. Das war ihm deutlich anzusehen. Allein schon, wie er da saß: Entspannt ans Rückenteils des Doppelbettes gelehnt, eine Hand auf meinem Bein, eine andere an Tabias Po – und den Blick in Amys leicht geöffneten Schoß, wo ihre glatte Muschi feucht glänzte. Er genoss es sichtlich, als einziger Mann mit drei Frauen im Bett zu sein. Dass Amy ihn nur begrenzt herangelassen hatte, störte sein Empfinden wohl nicht allzu sehr. Außerdem machte er sich vermutlich Hoffnung, dass sich das im Laufe des Abends noch ändern könnte. Da war ich mir allerdings nicht so sicher.

„Auf jeden Fall war das hier eben ein sensationelles Erlebnis", fuhr Steffen fort und bestätigte meine Vermutung über seine Sicht der Dinge: „Als einziger Mann Sex mit drei so süßen Bi-Amazonen haben zu dürfen – das erlebt man nicht alle Tage."

„Warum denkst du denn, wir wären alle drei bi?", fragte Amy.

„Der Eindruck drängte sich doch sehr auf", entgegnete mein Liebster und grinste nun noch breiter.

„Ich bin nicht bi", entgegnete jedoch die Amerikanerin.

„Ach", erwiderte Steffen, der offenbar noch immer nicht verstanden hatte. „Und wie würdest du deine Neigung beschreiben?"

„Ich bin absolut lesbisch", stellte Amy klar.

„Oh", entfuhr es meinem Liebsten.

Damit hatte er nicht gerechnet. Steffen war ganz selbstverständlich davon ausgegangen, dass eine Frau, die Sex mit einer anderen Frau hatte, bi war. Bei unseren Swinger-Begegnungen der vergangenen Jahre hatten wir so einige Paare getroffen, bei denen das der Fall gewesen war. Die meisten Frauen in dieser Szene (wenn natürlich auch nicht alle) hatten eine gewisse Bi-Neigung. Manche mehr, manche weniger. Ich ja auch – wenngleich das bei mir längst nicht so ausgeprägt war wie bei meiner Freundin Tabia. Im Zweifelsfall lag meine Vorliebe doch bei Männern. Sex mit einer anderen Frau war für mich eher eine Ergänzung – ein kleiner Zusatzkick eben.

Wenn wir ein neues Swinger-Paar trafen, dann stellte sich durchaus immer wieder die Frage, ob eine Frau bi war oder nicht. Natürlich gab es auch Paare, bei denen der Mann eine Bi-Neigung hatte, aber nach meinem Eindruck war das in der Swingerszene längst nicht so verbreitet wie unter Frauen. Da Steffen mit dem eigenen Geschlecht nicht viel anfangen konnte (und das in unserem Joyclub-Profil mit dem Begriff „stockhetero" deutlich klargemacht hatte), waren wir für solche Paare nicht sonderlich interessant. Erstaunlicherweise bekamen wir dennoch gelegentlich auch Mails von bisexuellen Männern.

Dass sich die Bi-Frage einmal auf die Weise stellte wie jetzt, war allerdings ungewöhnlich. Ein bisschen hatte mich der Verdacht ja bereits beschlichen, dass Amy mit Männern nicht allzu viel anfangen konnte. Denn dass eine Frau sich zwar auf Gruppensex einließ, sich dann aber meinem gut gebauten Liebsten gegenüber derart spröde verhielt, wie Amy das getan hatte, war aus meiner Sicht doch recht erstaunlich. Offenbar gab es zwischen ihr und Tabia eine sehr große Anziehungskraft auf der rein weiblichen Ebene. Kein Wunder, dass die beiden sich auf der Messe gefunden hatten.

„Was für ein Jammer", sagte Steffen und sah Amy beinahe sehnsüchtig an.

Nun lächelte sie – nicht triumphierend, aber durchaus zufrieden. Offenbar fasste sie seine Aussage als Kompliment auf. Und das war es ja auch.

„Ich weiß nicht, wie es euch geht", warf ich nach einer Weile ein und brachte damit das Gespräch in eine ganz andere Richtung. „Aber ich habe einen Mordshunger. Habt ihr Lust, dass wir unser Beisammensein in die Küche verlagern und etwas kochen?"

Alle stimmten mir zu, und wir verließen das Bett. Ich warf mir ein T-Shirt von Steffen über und zog nun endlich meine Netzstrümpfe aus, die ich die ganze Zeit über als einziges Kleidungsstück noch getragen hatte. Zum Kochen wollte ich die nun wirklich nicht anbehalten. Und als Accessoire zu Steffens Shirt, das mir doch ziemlich weit war, passten sie ohnehin nicht. Auch die anderen drei zogen sich etwas an – wenn auch nicht allzu viel. Tabia streifte sich ebenfalls nur ein T-Shirt über – wie selbstverständlich und ungefragt eins von mir, das auf einem Stuhl in der Ecke lag und ihr ein wenig zu groß war. Steffen zog neben einem Shirt auch noch einen Slip an.

Amy war etwas unschlüssig, hatte ich den Eindruck. Sie zog ebenfalls einen Slip an, griff zu ihrem BH, ließ ihn aber wieder fallen, als sie sah, dass auch Tabia und ich auf dieses unbequeme Kleidungsstück verzichteten. Etwas unglücklich schaute sie auf ihr am Boden liegendes Businesskostüm, das sie vermutlich ein paar Stunden zuvor auf der Messe getragen hatte. Natürlich wäre sie darin nun maßlos overdressed, wie sie wohl in diesem Moment feststellte. Ich öffnete daher den Kleiderschrank und reichte ihr eins von meinen T-Shirts. Dankbar lächelte sie mich an und streifte es über. Da sie ungefähr meine Größe hatte, passte das Teil ganz gut. Allerdings waren ihre Brüste größer als meine. Und ohne BH zeichneten die sich nun recht deutlich unter dem Stoff ab. Sie sah ungemein sexy aus – und das registrierte sicherlich nicht nur ich.

In der Küche kam ich beim Blick auf die begrenzten Vorräte ins Grübeln. Also beschlossen Steffen und ich, dass es ein Schubladenaufräumessen geben werde. Immerhin brachten wir ein halbwegs brauchbares Risotto zustande, das im Wesentlichen aus Reis, Zwiebeln, Erbsen und Thunfisch aus der Dose bestand. Zumindest hatten wir noch reichlich Rotwein im Regal, von dem wir bereits die zweite Flasche öffneten, bevor das Essen fertig war.

Auch als wir die Pfanne komplett geleert hatten, blieben wir noch eine ganze Weile am Esstisch und testeten die Belastbarkeit unserer Weinvorräte. Es herrschte eine fröhlich-entspannte Stimmung, wie

man sie oftmals auch im ganz normalen Freundes-
kreis erlebte – wenn man einmal von der sparsamen
Kleiderordnung absah. Dass Tabia dabei ein paar
Fotos von unserer Runde machte, konnte nun auch
Amy akzeptieren. Anders als zuvor im Schlafzimmer
war sie ja nun zumindest nicht mehr nackt. Das war
für sie wohl der entscheidende Unterschied – abgesehen davon, dass sie nicht ganz wenig Wein getrunken
hatte und insgesamt lockerer wirkte.

„Ich finde es toll, wie leicht ihr mit eurem Sex um-
geht", sagte die Amerikanerin irgendwann, nachdem
wir ihr etwas mehr über unser Swinger-Leben erzählt
hatten.

„Sonderlich verklemmt wirkst du ja aber auch nicht
grad", entgegnete Tabia.

„Frauen gegenüber", erwiderte sie und bedachte
Steffen mit einem bedauernden Achselzucken – das er
mit der gleichen Geste quittierte.

„Hast du zu Hause eine feste Partnerin?", wollte
ich von ihr wissen.

„Nein, dafür bin ich wohl zu unstet. Mal sehen,
vielleicht findet sich so etwas ja noch. Schön wäre es.
Auch wenn das mein Leben dann vermutlich etwas
komplizierter machen würde."

„Warum das denn?"

„In den Staaten ist Homosexualität immer noch ein
Thema für sich. Offiziell bekunden zwar die meisten
Menschen, dass sie nichts gegen Schwule und Lesben
haben. Aber tatsächlich wird man nach wie vor dis-

kriminiert. Besonders in dem Unternehmen, für das ich arbeite."

„Das heißt, deine Kollegen wissen nicht, dass du lesbisch bist?", fragte ich nach.

„Es gibt ein bisschen Tratsch über mich. Vor allem, seit ich mal einen Kollegen habe abblitzen lassen, der bei mir landen wollte. Der hat dann das Gerücht verbreitet, ich sei lesbisch."

„Die Rache des Verschmähten", kommentierte Steffen die Geschichte. „Ein Klassiker."

„Ja, schon. Das Dumme ist nur, dass er damit völlig richtig lag. Und unser oberster Boss hat eine richtige Homophobie. Wenn der erfährt, dass jemand schwul oder lesbisch ist, wirft er ihn raus. Die Stimmung setzt sich natürlich in der ganzen Firma durch. Ein bisschen stehe ich da unter Beobachtung."

„Deshalb haben wir euer Schlafzimmer belegt und nicht Amys Hotel", ergänzte Tabia, die diese Geschichte offenbar schon kannte.

„Ich bin mit drei Kollegen hier", fuhr Amy fort. „Drei Männer. Die lassen nichts anbrennen. Ich bin absolut sicher, dass mindestens einer von denen auch für Sex bezahlt. Der kennt die Rotlichtszene von Hannover inzwischen bestimmt schon ziemlich gut. Das sehen alle ganz locker. Aber wehe, wenn irgendetwas nicht dem üblichen Frau-Mann-Schema entspricht."

„Das klingt nach Stress", entgegnete ich.

Amy nickte, und in ihrem Blick lag eine Mischung aus Bedauern und Wut.

„Also für eine Lesbe hast du einen sehr gefühlvollen Griff am Schwanz eines Mannes", sagte Steffen und zauberte damit wieder ein leichtes Lächeln in das Gesicht der Amerikanerin.

„Es ist ja nicht so, dass es nicht erregend war, da mal anzufassen", entgegnete sie beinahe verlegen.

Irrte ich mich? Oder lief sie in diesem Augenblick tatsächlich rot an? War das überhaupt möglich bei ihrer Hautfarbe? Ich hatte keine Ahnung, aber ich hatte tatsächlich den Eindruck, dass ihr eine ganz sanfte Errötung (oder vielleicht auch eher ein etwas kräftigerer Braunton) ins Gesicht stieg.

„Es sah auch unglaublich erotisch aus, als du sein Sperma auf der Haut hattest", stellte ich fest.

„Da war ich mir erst nicht so sicher, wie ich das finden sollte", räumte Amy ein. „Aber ich fand es heiß, dass ihr es mir abgeleckt habt."

„Es ist geil, einen Mann zum Spritzen zu bringen", warf Tabia ein.

Dabei stellte ich fest, dass sie mittlerweile eine Hand im Schoß meines Liebsten hatte – und offenbar daran arbeitete, ihre Aussage erneut zu demonstrieren. Wenn auch vorerst nur ganz sanft. Steffens Slip war halb heruntergezogen und sein Schwanz schon wieder einigermaßen aufgerichtet. Seit wann spielte sie denn daran? Das hatte ich doch tatsächlich nicht mitbekommen. Allerdings saß ich Steffen an unserem runden Küchentisch gegenüber, sodass ich das durchaus hatte übersehen können.

Amy aber wohl nicht. Sie saß neben ihm. Erst ihr Blick, der immer wieder in seinen Schoß wanderte, hatte auch meine Aufmerksamkeit dorthin gelenkt.

Steffen lehnte sich bequem zurück in seinem Korbstuhl. Er genoss sichtlich Tabias Liebkosungen. Und offenbar war er gespannt, ob auch Amy noch einmal Hand an ihn legen würde. Sein Blick in ihre Richtung verriet das deutlich. Auch ich fragte mich, ob sich die lesbische Amerikanerin erneut animieren lassen würde.

Sie würde. Tabias einladender Blick war sicherlich hilfreich – mehr noch als der von Steffen. Aber ich war mir sicher, dass Amy auch ohne diese Aufmunterung Lust bekam, da mitzumachen.

Erneut lagen nun zwei Frauenhände an Steffens Schwanz und rieben im Gleichklang daran. Allerdings nicht allzu lange. Irgendwann beugte Tabia sich in Steffens Schoß und nahm das mittlerweile wieder vollends steife Teil in den Mund, während Amy ihre Hand ließ, wo sie war. Sollten die beiden das eine Weile fortsetzen, dann würden sie ihn sicherlich zum Höhepunkt bringen. Mit Mund und Hand zugleich konnte man bei meinen Mann manchmal recht schnell Erfolg haben, wie ich nur zu gut wusste.

Doch Tabia wollte das offenbar gar nicht. Oder zumindest noch nicht. Sie blies ihn nur kurz und zwinkerte dann Amy zu – genau wie ich das vor einer Weile im Bett getan hatte. Doch auch dieses Mal war das wohl wieder eine Umdrehung zu viel. Die Amerikanerin zuckte zurück. Offenbar war ihr nicht in den Sinn gekommen, dass sie Steffens Schwanz in den

Mund nehmen könnte. Als ich ihr das im Schlafzimmer angeboten hatte, war mir ihre besondere Einstellung Männern gegenüber noch nicht bewusst gewesen. Tabia hingegen reizte es nun wohl, eine lesbische Frau zum Blasen eines Schwanzes zu animieren.

Zu meinem Erstaunen, hatte sie schließlich doch Erfolg damit. Nach der ersten (dieses Mal nicht sehr ausgeprägten) Schrecksekunde gab Amy Tabia einen Kuss und beugte sich anschließend in Steffens Schoß. Vorsichtig leckte sie an der Eichel und nahm sein steifes Teil schließlich in den Mund. Zunächst nur ein wenig, dann aber etwas tiefer. Zugleich rieb sie (nun ohne Tabias Beteiligung) daran, und ich sah meinem Liebsten an, wie sehr ihn das erregte. Offenbar machte sie sehr gut, was sie da tat. Hinzu kam aber wohl auch das Kopfkino bei meinem Mann. Ob diese lesbische Frau wohl überhaupt schon einmal einen Schwanz im Mund gehabt hatte? Ich war mir fast sicher, dass Steffen sich genau diese Frage jetzt ebenfalls stellte. Der Gedanke, dass sein Schwanz womöglich der erste war, der in diesen schönen Mund hineindurfte, war mit Sicherheit extrem erregend für ihn.

Als er schwerer zu atmen begann, entließ Amy ihn wieder an die Luft. Dafür legte sie nun aber auch noch ihre zweite Hand an ihn, womit sie teilweise die Eichel bedeckte. Offenbar wollte sie verhindern, dass er sein Sperma erneut irgendwohin spritzte, wo sie es nicht haben wollte. Falls das tatsächlich ihre Absicht war, so hatte sie damit durchaus Erfolg. Als es Steffen kam, quoll sein Sperma nur allmählich durch ihre Finger.

In Amys Lächeln lag nun eine Mischung aus Stolz und Verlegenheit. Zugleich sah sie ein wenig hilflos aus, als sie schließlich ihre verschmierten Hände vor sich hielt und betrachtete. Offensichtlich wusste sie nicht so recht etwas anzufangen mit dem, was sie da an den Fingern hatte. Ich kam in Versuchung, es erneut abzulecken, aber ich zögerte wohl etwas zu lange. Jedenfalls stand Amy auf, ging zum Waschbecken und spülte es ganz einfach weg. Anschließend nahm sie ein Stück Küchenrolle und trocknete sich die Hände sorgfältig ab.

„Wie gesagt", murmelte Steffen noch immer ein wenig schwer atmend, während sie sich wieder an den Tisch setzte: „Du hast einen ausgesprochen guten Griff."

Amy quittierte seine Bemerkung mit einem Lächeln und einem Achselzucken. Von Errötung konnte ich nun nichts mehr wahrnehmen.

Es war bereits nach Mitternacht, als unser amerikanischer Gast darum bat, ein Taxi zu rufen.

„Du kannst gern hier schlafen", sagte ich.

„Das Gästesofa, auf dem ich übernachte, ist breit genug für uns beide", ergänzte Tabia und unterstrich ihre Aussage mit einem liebevollen Lächeln.

Ich sah Amy an, dass sie schwankte. Offenbar erschien ihr die Möglichkeit, die Nacht mit Tabia zu verbringen, als sehr verlockend.

„Ich möchte aber auf jeden Fall im Hotel sein, bevor meine Kollegen zum Frühstück gehen. Ich habe keine Lust, den blöden Gerüchten neue Nahrung zu geben – schon gar nicht, wenn diese Gerüchte den Tatsachen entsprechen", sagte sie.

„Wenn sie mitbekommen, dass du nicht in deinem Zimmer übernachtet hast, dann könnte es doch aber auch sein, dass du bei einem Mann warst", sagte Steffen.

„Ja, sicher", überlegte Amy. „Theoretisch. Aber der Tratsch wird etwas anderes unterstellen. Die Geschichte von der lesbischen Amy ist nun einmal in der Welt."

Trotzdem ließ sich unser neuer Gast zu einer Nacht auf dem Gästesofa bewegen, bestellte sich aber bereits für den nächsten Morgen ein Taxi. Steffen hätte gern noch eine weitere Runde in unserem Schlafzimmer erlebt, aber das verbot sich leider angesichts der fortgeschrittenen Uhrzeit und der Tatsache, dass wir alle vier am nächsten Tag würden arbeiten müssen. Immerhin hatte er ja noch ein kleines, aber ausgesprochen prickelndes Erlebnis in der Küche gehabt. Auch wenn er sich da vermutlich etwas mehr gewünscht hätte, war das für ihn mit Sicherheit sehr aufregend gewesen.

Ich hatte keine Ahnung, wie spät es sein mochte, als wir Amys Orgasmusschrei aus dem Arbeitszimmer hörten. Allzu lange konnten wir noch nicht geschlafen haben. Jetzt war ich wieder hellwach. Steffen ebenso. Er lauschte in die nun wieder stille Wohnung, ob da noch mehr zu hören war.

„Das war aber sehr laut", sagte er.

„Das kommt vor", entgegnete ich.

Wieder lauschte mein Liebster.

„Da würdest du jetzt gern Mäuschen spielen, oder?", fragte ich ihn.

„Kann ich nicht abstreiten. Wie wird Tabia es ihr wohl gemacht haben?"

„Wer weiß", entgegnete ich. „Möchtest du rübergehen und nachschauen?"

„Am liebsten. Aber ich glaube nicht, dass die beiden mich mitspielen lassen würden."

„Das glaube ich auch nicht."

„Ich wette, sie sind noch nicht fertig."

Wieder lauschte er – und ich ebenfalls. Bald darauf wurden wir auch an Tabias Höhepunkt akustisch beteiligt. Nicht ganz so laut wie zuvor, aber doch deutlich vernehmbar.

„Siehst du", sagte Steffen. „Sie waren noch nicht fertig."

„Ich finde, du solltest jetzt endlich aufhören, anderen Menschen beim Sex zuzuhören und lieber etwas anderes tun."

„Was denn?", fragte er, obgleich er ganz genau wusste, was ich meinte.

Immerhin lag inzwischen meine Hand an seinem voll aufgerichteten Schwanz und bewegte sich langsam hin und her. Trotzdem antwortete ich ganz sachlich auf seine Frage:

„Mit mir schlafen!"

Und das tat er dann auch. Als er kurz darauf zwischen meinen Beinen lag und mich zum Orgasmus gebracht hatte, war auch ich alles andere als leise.

„Das haben die beiden bestimmt gehört", grinste Steffen, während er weiter in mich stieß.

„Das will ich doch hoffen", entgegnete ich.

Als es Steffen schließlich kam, fand ich es schön, dass es nun keine Spielchen mit Sperma, Fingern und Lippen mehr gab, sondern er ganz einfach in mich hineinspritzte. Bald darauf waren wir wieder eingeschlafen – und wurden auch nicht mehr von Geräuschen aus dem Arbeitszimmer gestört.

Freitag:
Die Wirkung des Dornröschenkusses

Erst am anderen Morgen zuckte ich zusammen, als ich das Klappen der Wohnungstür hörte – noch vor dem Klingeln des Weckers. Reichlich verschlafen stieg ich im Zeitlupentempo aus dem Bett und traf im Flur auf die nackte Tabia.

„Was ist?", fragte ich.

„Amys Taxi ist da. Sie will ja im Hotel sein, bevor ihre Kollegen etwas mitbekommen."

„Ach ja", entgegnete ich. „Schade eigentlich."

„Finde ich auch. Aber mal sehen. Vielleicht kommt sie heute Abend nochmal mit – wenn ihr mögt."

„Na klar, liebend gern!"

Ich sah Tabia an, dass sie ein wenig fröstelte.

„Ist dir kalt?", fragte ich.

„Ein bisschen", bestätigte sie. „Am besten gehe ich gleich mal duschen, dann kommen wir drei uns auch nicht im Bad ins Gehege."

„Ich habe eine andere Idee zum Aufwärmen", entgegnete ich jedoch und nahm Tabias Hand.

Ich zog sie ins Schlafzimmer. Wie erwartet, hatte Steffen meine Abwesenheit nicht bemerkt. Er schlief den Schlaf des Gerechten. Tabia und ich krabbelten unter die Decken und kuschelten uns so an ihn, dass wir ihn von beiden Seiten einrahmten. Sein erstaunter Blick beim Klingeln des Weckers war herrlich.

Eigentlich wäre jetzt ein zärtlicher Guten-Morgen-Fick dran gewesen. Ich wäre auch gern bereit gewesen, meinen Mann dafür mit meiner Freundin zu teilen. Steffens steifer Schwanz verriet, dass er das ebenso empfand. Es sah eindrucksvoll aus, als er nackt vor dem Bett stand und ihn uns präsentierte. Aber alle drei wussten wir, dass der bevorstehende Arbeitstag soeben sein Veto einlegte. Der Sex musste warten.

In meinem Kopf allerdings spielte er sich den ganzen (viel zu langen) Bürotag über ab. Ich hatte immer wieder die Bilder des vergangenen Abends vor mir und lächelte still in mich hinein. Erneut hatte ich sexy Unterwäsche angezogen, obgleich heute nichts Besonderes anstand, wofür ich mich auf selbstbewusst programmieren musste. Aber ich hatte Lust auf den String, den ich trug – allein schon deshalb, weil ich dieses Kleidungsstück bereits im Swingerclub getragen hatte. Auf die Weise nahm ich ein wenig von der Stimmung des vergangenen Abends mit in den Tag.

Die SMS von Marius kam in der Mittagspause:

Wie man sieht, hattet ihr ja einen ziemlich schönen Abend. Und einen heißen dazu, wie ich hörte.

Wie man sieht? Offenbar hatte Tabia ihrem Mann die Bilder geschickt, die sie am Vorabend in unserer Küche gemacht hatte. Ein bisschen tat Marius mir ja leid, dass er nicht dabei gewesen war. Zu wissen, dass seine Frau ein spannendes erotisches Erlebnis hatte, während er im Ausland geschäftliche Termine wahrnehmen musste, war sicherlich hart für den Mann. Irgendwie hatte ich auch das Gefühl, dass seine Anwesenheit das alles abgerundet hätte – was ich ihm dann auch simste:

Ja, das stimmt. Es war ein toller Abend. Nur du hast gefehlt.

Umgehend kam seine Antwort:

Das sollten wir ändern!

Liebend gern. Lassen es deine Termine in London denn zu, dass du morgen nach Hannover kommst?

Meine Termine nicht. Aber meine Gesundheit. Die erlaubt mir sogar heute schon zu fliegen.

Deine Gesundheit? Was ist passiert?

Nichts. Nur, dass ich mich soeben bei meinem Chef und unserem Geschäftspartner hier krankgemeldet habe und jetzt auf dem Weg zum Flughafen bin.

Kannst du das einfach so machen?

Sagen wir mal so: Ich mache es.

Ich war einigermaßen verblüfft. Offenbar hatten Tabias Bilder (und vermutlich auch ihr Bericht von unserem ungewöhnlichen Vierer) bei Marius das sehr dringende Bedürfnis ausgelöst, zu uns zu kommen. Das konnte ich zwar nachvollziehen, aber dass er dafür von England aus eine Krankmeldung fakte und wichtige Termine absagte, war dann doch eine Überraschung. Wenn es um Sex ging, war Marius zwar manchmal nicht zu bremsen – das hatte ich bereits mehrfach festgestellt. Aber was er jetzt tat, war vielleicht doch ein bisschen riskant, sagte die Mahnerin in mir.

Das haben die sexy Bilder von dir ausgelöst, flüsterte die Erotikfee in mir. Wohl eher die mindestens ebenso schönen Bilder von Amy, warf jedoch meine Realistin ein. Mich hätte Marius ja auch noch am Samstag sehen können – so wie wir es von Anfang an ins Auge gefasst hatten. Aber heute war erst Freitag. Offensichtlich wollte Marius auch noch die neue Gespielin seiner Frau kennenlernen, bevor die wieder in die USA entschwebte. Ob Tabia ihrem Mann wohl auch mitgeteilt hatte, dass Amy lesbisch war und mit Männern nur wenig anfangen konnte? Anderenfalls konnte es gut sein, dass Marius sich jetzt in ein erotisches Abenteuer hineinträumte, das für ihn zu einer kleinen Enttäuschung werden würde. Es gibt ja nicht nur Amy, schmunzelte jedoch meine Erotikfee. Da hatte sie zweifellos recht. Auf jeden Fall freute ich mich auf Marius – was auch immer der Abend bringen mochte.

Auf dieses Abendessen bereitete ich mich besser vor. Erfreulicherweise konnte ich relativ früh Feierabend machen und hatte genügend Zeit für einen entspannten Einkauf in unserem Supermarkt um die Ecke. Am frühen Nachmittag war auch eine SMS von Tabia gekommen, in der sie mir mitteilte, dass Amy liebend gern noch einmal mit zu uns kommen wolle.

Und sie berichtete von Marius´ überraschenden Reiseplänen. Aber die kannte ich ja bereits.

Als ich kurz nach dem Einkauf vollbepackt die Treppen zu unserer Wohnung im vierten Stock erklomm, begegnete mir eine Nachbarin – eine ältere Dame, die unter uns wohnte. Wir grüßten uns, wie wir das immer taten. Aber ihr Blick war dieses Mal recht sonderbar, fand ich. Auch ihr „Guten Tag" klang recht verhalten – wie mit spitzen Fingern gesprochen.

Ich kam ins Grübeln. Hatte ich ihr irgendetwas getan? Sie beleidigt, ohne es zu bemerken? Ich hatte keine Idee. Erst als ich kurz darauf unsere Wohnungstür aufschloss, kam mir in den Sinn, dass die alte Dame wohl noch immer ein recht gutes Gehör hatte. Obgleich unser Altbau aus den Dreißigerjahren des vergangenen Jahrhunderts nicht sonderlicher hellhörig war, hatte sie in der vergangenen Nacht möglicherweise den einen oder anderen Orgasmusschrei gehört. Weder Amy noch Tabia noch ich selbst waren ja sonderlich leise gewesen. Was mochte sich meine Nachbarin nun denken? Vor allem, wenn sie auch noch erkannt hatte, dass es sich um verschiedene weibliche Stimmen gehandelt hatte?

Ein paar Minuten später packte ich in der Küche meine Einkäufe aus und beschloss achselzuckend, dass mir das egal war. Ich war niemandem Rechenschaft über mein Sexualleben schuldig – am allerwenigsten meinen Nachbarn. Und schließlich feierten wir ja nicht jeden Tag eine Sexparty in unserer Wohnung. Dann und wann allerdings doch. Und heute

Abend möglicherweise schon wieder. Möglicherweise? Höchstwahrscheinlich, bekräftigten meine Erotikfee und meine Realistin im Gleichklang. Der Gedanke fühlte sich prickelnd an und ich spürte ein leichtes Vorfreude-Zittern in mir, während ich gedankenverloren auf die Packung Bandnudeln in meiner Hand starrte.

Auch Steffen kam relativ früh nach Haus und wir putzten gemeinsam das Gemüse für die Nudelsoße, die ich kochen wollte. Ich erzählte ihm von der Begegnung im Treppenhaus und brachte meinen Liebsten damit zu einem breiten Grinsen.

„Die Chancen stehen ganz gut, dass unsere liebe Nachbarin heute Abend noch eine akustische Zugabe bekommt", stellte er fest.

„Eine?", entgegnete ich und spürte, wie sich das Kribbeln in mir verstärkte.

Ich war einigermaßen enttäuscht, als etwas später Tabia ohne die Amerikanerin eintraf.

„Wo ist Amy?", fragte ich und sah auch Steffens fragenden Blick.

„Sie ist ins Hotel gefahren", erklärte meine Freundin. „Sie will erst einmal sehen, ob sie sich am letzten Abend in Hannover wirklich von ihren Kollegen separieren kann. Da gab es wohl heute komische Bemerkungen, weil einer von denen doch mitbekommen hatte, dass Amy erst heue Morgen ins Hotel zurückgekommen ist."

„So allmählich gehen mir diese Herren Kollegen aber auf die Nerven", warf Steffen ein.

Ich konnte ihm nur zustimmen.

„Vielleicht kommt sie ja noch", sagte Tabia achselzuckend, bevor sie ins Arbeitszimmer ging und ihr Business-Kostüm gegen Jeans und T-Shirt austauschte.

Als nächstes kam erst einmal Marius. Ich freute mich, ihn wiederzusehen. Meine Umarmung mit ihm fiel nicht weniger intensiv aus als die von Tabia mit ihrem Mann – und auch mein Begrüßungskuss für ihn war deutlich mehr als ein Küsschen.

Als ich etwas später die Zutaten für die Nudelsoße in der Pfanne zusammenrührte und wir ein erstes Glas Wein leerten, sah Tabia immer mal wieder auf ihr Handy. Aber offensichtlich kam keine Nachricht von Amy.

„Ich glaube, es gibt Schlimmeres, als wenn wir vier einen Freitagabend ohne zusätzliche Gäste verbringen", sagte ich aufmunternd.

„Da hast du absolut recht", stimmte Marius mir zu und zwinkerte vielsagend.

Wohl um das noch etwas mehr zu unterstreichen, umarmte er mich noch einmal und knetete dabei kräftig meinen Po. Tabia und Steffen sahen uns an und grinsten. Allerdings schob ich Marius wieder ein wenig auf Abstand. Schließlich stand ich mit dem Kochlöffel am Herd und hatte zu tun. Da mochte ich keine

Störungen – zumindest keine längeren. Auch keine, die durchaus prickelnd waren.

Wir hatten gerade mit dem Essen begonnen, als es schließlich doch noch klingelte – was vier freudig lächelnde Gesichter am Esstisch auslöste. Auch das von Marius. Besonders das von Marius, hatte ich den Eindruck. Was hatte Tabia ihm wohl erzählt über die Amerikanerin? Oder war er allein durch die Fotos vom Vorabend derart neugierig geworden, dass er seine Termine in England abgesagt hatte? Immerhin waren da ein paar sehr schöne Bilder entstanden, auf denen sich Amys große Brüste unter dem eher engen T-Shirt deutlich abzeichneten. Auf so etwas sprang doch jeder Mann an. Bei den beiden Männern, die in diesem Augenblick mit freudigem Blick auf das Klingeln reagierten, war das zumindest der Fall – wie ich sehr genau wusste.

Ich stand auf, drückte auf den Türsummer, öffnete die Wohnungstür und lauschte ins Treppenhaus. Jemand kam die Stufen herauf. Als dieser Jemand die Etage unter uns erreichte, hörte ich die Stimme meiner Nachbarin, die ein leises und abermals spitzes „Guten Abend" vernehmen ließ, bevor sich ihre Tür wieder schloss – und Amy den Weg zu uns ins Dachgeschoss fortsetzte. Beobachtete die alte Dame uns etwa und überwachte, wer zu uns kam? Ich konnte es nicht fassen.

Vielleicht sollten wir heute Abend etwas leiser sein, sollte es erneut zu einem wilden Liebesspiel kommen, schoss es mir durch den Kopf. Warum denn das, fragte meine Erotikfee. Darauf hatte ich eigentlich keine Antwort.

Der Gedanke an die neugierige Nachbarin hatte sich fast wieder verflüchtigt, als Amy die letzten Stufen zurückgelegt hatte und ich sie zur Begrüßung herzlich umarmte. Genau wie ich trug sie heute Jeans und eine Bluse – nur mit dem Unterschied, dass ihre weiß war und meine pink. Dafür war ihre etwas dünner und ließ den BH darunter durchschimmern, wie ich feststellte, als sie ihren Mantel an die Garderobe gehängt hatte.

„Tut mir leid", sagte sie beim Betreten der Küche. „Aber ich musste erst mal die Lage sondieren. Einer der Kollegen wollte, dass wir den Abend zusammen verbringen. Aber als einer der beiden anderen meinte, er sei raus, habe ich auch keinen Grund gesehen, im Hotel zu bleiben."

„Was hatte der denn vor?", fragte ich.

„Hat er nicht verraten", entgegnete sie schmunzelnd und fügte hinzu: „Aber ich würde mal sagen: Es lebe Hannovers Rotlichtviertel."

Auch die anderen drei standen auf und begrüßten Amy mit einer herzlichen Umarmung – abgesehen von Marius, dem sie lediglich die Hand gab. Und das auch eher verhalten. Ich hatte beinahe den Eindruck, dass sie erst jetzt realisierte, dass wir nicht zu viert, sondern zu fünft waren. Aber das hatte Tabia ihr doch wohl angekündigt. Oder etwa nicht?

„Hallo", sagte sie. „Ich bin Amy."

„Marius", entgegnete er und sah ihr ein bisschen zu direkt ins Dekolletee.

„Mein Mann", ergänzte Tabia.

„Dein Mann", wiederholte Amy. „Ach so. Ja klar, du hattest mir ja von ihm erzählt."

Und nach einer kurzen Pause sowie einem prüfenden Blick fügte sie an ihn gewandt hinzu:

„Ich dachte, du wärst in England."

Offensichtlich hatte Tabia es ihr nicht angekündigt.

„Das war ich auch", entgegnete Marius. „Bis heute Nachmittag. Glücklicherweise habe ich noch spontan einen Flug nach Hannover bekommen."

„Na wenigstens bist nicht auch du noch plötzlich im Schlafzimmersessel aufgetaucht", sagte Amy achselzuckend.

„Hä?", gab Marius irritiert zurück.

„Erkläre ich dir später", sagte Tabia.

Offensichtlich behagte Amy die Situation nicht sonderlich. Lag es daran, dass sie sich zwar vielleicht auf einen erneuten erotischen Abend eingestellt hatte, sich nun aber von der Anwesenheit eines zweiten Mannes überrumpelt fühlte? Oder wusste sie vielleicht gar nicht, was Marius wusste? Möglicherweise mutmaßte sie ja, dass Tabias Affäre mit ihr ganz heimlich und ohne Wissen ihres Mannes begonnen hatte. Wir hatten ihr zwar am Vorabend von unseren Swingeraktivitäten erzählt, aber das musste aus ihrer Sicht ja nicht zwangsläufig bedeuten, dass es keine Heimlichkeiten gab.

Dagegen sprach allerdings ihre Bemerkung vom Schlafzimmersessel, mit der sie Tabia in diesem Fall in Verlegenheit hätte bringen können. Hör auf zu spekulieren, flüsterte die Realistin in mir. Ich gehorchte und beschloss, den Abend einfach auf uns zukommen zu lassen.

Wir setzten uns wieder an den Esstisch, Amy ließ sich gern vom Wein und den Nudeln geben und war bemüht, gelassen zu wirken. Trotzdem hatte ich den Eindruck, dass sie erneut in Habachtstellung gegangen war und sehr genau zuhörte, wer was sagte. Vor allem Marius belegte sie immer wieder mit einem prüfend-skeptischen Blick. Beim dritten Glas Wein wurde dieser Blick aber immerhin deutlich weicher.

Natürlich hatte auch Tabia bemerkt, dass die Anwesenheit ihres Mannes bei Amy nicht auf allzu große Freude gestoßen war. Irgendwann beschloss meine Freundin dann wohl, die Sache ganz direkt zu klären.

„Ich möchte mit euch anstoßen", erklärte Tabia feierlich und hob das Glas.

„Auf was stoßen wir denn an?", fragte ich, während alle zu ihren Weingläsern griffen.

„Auf einen wundervollen Abend mit ebenso wundervollen Menschen. Und darauf, dass wir alle hier Swinger sind."

In der Mitte des Tisches trafen sich alle Gläser, alle tranken – und Amy schaute noch verwirrter.

„Wir alle sind Swinger?", fragte sie nach einem Schluck Wein und ein paar Sekunden des Nachdenkens. „Also ich eigentlich nicht."

„Doch, bist du. Seit gestern gehörst du dazu", entgegnete Tabia jedoch schmunzelnd.

Und um das zu bestätigen, lehnte sie sich zu Amy und küsste sie auf den Mund – lange und augenscheinlich sehr gefühlvoll. Damit hatte sie sie zwar überrascht, aber die Amerikanerin wehrte sich nicht dagegen. Na also, flüsterte meine Erotikfee. Als die beiden sich wieder voneinander lösten, nahm ich den Faden auf und küsste Amy ebenfalls.

„Also bevor das hier in der Küche wieder ausartet, schlage ich einen Ortswechsel vor", hörte ich schließlich Steffens Stimme.

„Ist euer Schlafzimmer geheizt?", fragte Tabia.

„Natürlich ist es das", bestätigte mein Liebster mit funkelnden Augen.

Alle erhoben sich. Amy ein bisschen zögernd, aber auch sie ließ sich an Tabias Hand aus der Küche führen. Im Schlafzimmer entzündete Steffen ein paar Kerzen und schaltete leise Musik ein.

Noch im Stehen entstand ein erneuter Kussreigen, den wiederum Tabia mit Amy eröffnete – und den ich umgehend mit der Amerikanerin fortsetzte. Amy ließ sich anschließend auch von Steffen küssen, zunächst verhalten, dann aber richtig. Darauf hätte ich nicht wetten mögen, aber offenbar hatte sie sich mit den Erlebnissen des Vorabends doch etwas mehr geöffnet gegenüber dem anderen Geschlecht. Zumindest gegenüber meinem Mann, wie ich feststellte. Der Gedanke erregte mich. Als allerdings Marius seine Hand durch ihre Haare gleiten ließ und sie ebenfalls küssen wollte, wandte Amy den Kopf zur Seite und ließ sich lediglich ein Küsschen auf die Wange geben – was er mit einem bedauernden Achselzucken quittierte.

Aber an der Stelle sprang ich gern ein. Ich umarmte Marius und ließ unsere Zungen ausgiebig miteinander tanzen. Dabei spürte ich seine Hände auf meinem Po. Er drückte mich fest an sich und ich konnte die Erektion in seiner Hose deutlich spüren. Als sich unsere Lippen wieder voneinander lösten, strahlte ich ihn an und sah die Lust in seinen Augen. Er legte eine Hand auf meine Brust, massierte sie gefühlvoll und begann, meine Bluse zu öffnen. Kurz darauf zog er sie mir aus.

Als sie zu Boden fiel, lag dort bereits die von Amy. Ich schielte zur Seite und sah Steffen, der ihr gerade den BH öffnete, während Tabia (selbst bereits oben ohne) vor ihr kniete und soeben ihre Jeans öffnete.

Ganz schönes Tempo, dachte ich. Auch Marius zögerte nicht lange, sondern befreite mich nach der Bluse auch von meinem BH. Ich knöpfte ihm das Hemd auf, er zog es sich selbst aus und ich setzte mich auf die Bettkante vor ihn. Nun ließ ich mir etwas mehr Zeit. Ich legte beide Hände auf seine Hose und die spürbare Beule darin. Sanft massierte ich, was ich da ertastete, bevor ich dann doch seinen Gürtel öffnete und ihm aus der Hose half. Jetzt stand er nur noch im Slip vor mir. Als ich ihn auch davon befreite, sprang mir sein steifer Schwanz entgegen. Ich griff danach und nahm ihn in den Mund, während sich seine Hände auf meinen Kopf legten.

Während ich ihn blies, verschwanden die anderen drei zunächst aus meinem Blickfeld. Ich konnte nur wahrnehmen, dass sie hinter mir aufs Bett kabbelten. Möglicherweise enttäuschte ich Marius jetzt ein wenig, aber ich dehnte mein Blasen nicht allzu sehr aus. Ich wollte wissen, was da hinter mir geschah.

Als ich mich zu den anderen umdrehte, sah ich die auf dem Rücken liegende Amy, die Tabias und Steffens Liebkosungen an ihren großen Brüsten sichtlich genoss – auch die männlichen. Die zwei lagen zu beiden Seiten neben ihr und verwöhnten sie ausgiebig mit Lippen, Zungen und Händen. Alle drei waren inzwischen komplett nackt, ebenso Marius. Nur ich trug noch immer meine Jeans, von der ich mich nun aber ebenso befreite wie von meinem Slip. Ich mochte jetzt nicht mehr darauf warten, dass Marius das für mich tat. Auch wenn er dazu sicherlich gern bereit gewesen wäre.

Er hätte nun vermutlich auch gern etwas anderes getan: Amy hatte ihre Beine etwas angezogen und leicht geöffnet. Wir hatten beide einen Blick auf ihre blanke Muschi, an der Tabia mit den Fingern spielte. Eigentlich war Marius ja in diesem Augenblick mit mir beschäftigt, aber ich sah ihm an, dass die fremde Frau ihn wohl mehr reizte als mich. Doch bevor er mit seinem Kopf zwischen Amys Oberschenkel eintauchen konnte, tat ich das. Wenn dieser Mann sich durch die Amerikaner von mir ablenken ließ, dann konnte ich schließlich das Gleiche tun, bemerkte die

Teufelin in mir. Amy tastete nach meinem Kopf, griff in meine Haare und öffnete ihre Beine noch weiter. Ich folgte ihrer Einladung und tat genau das, was sie nun vermutlich von mir erwartete. Der Duft und der Geschmack ihrer Weiblichkeit waren erregend, und ich ließ meine Zunge sanft zwischen ihre Schamlippen gleiten.

Marius ließ sich allerdings nicht entmutigen. Er legte sich neben mich und drängelte sich ebenfalls zwischen diese Beine, wo er begann, die Innenseiten von Amys Oberschenkeln zu küssen. Erst jetzt fiel mir auf, dass wir alle vier offenbar beschlossen hatten, vor allem diese dunkelhäutige Schönheit zu verwöhnen. Und die ließ das bereitwillig mit sich machen. Als sie bemerkte, dass auch Marius zwischen ihren Beinen war, öffnete sie diese noch weiter. Kein Zweifel: Es erregte sie, derart im Mittelpunkt zu stehen – beziehungsweise zu liegen. Keine Swingerin? Von wegen!

Allerdings konzentrierten wir uns nicht alle komplett auf sie. Ich spürte, wie sich Marius´ Hand zu meinem Po tastete. Fast automatisch öffnete ich meine Beine ein wenig. Umgehend wanderten seine Finger dazwischen und fanden meine Muschi. Als ich kurz aus Amys Schoß aufblickte, sah ich, wie auch Tabia und Steffen sich über Amys Oberkörper hinweg küssten – während die Amerikanerin Hand an Steffens Schwanz gelegt hatte. Im nächsten Moment neigte sie sich sogar zur Seite und nahm ihn in den Mund. Nicht bi? Von wegen! Zumindest ein bisschen, wie sich die Erotikfee in mir freute.

Marius nutzte die Gelegenheit. Als ich Amys Schoß freigab, schob er mich sanft, aber bestimmt zur Seite und tauchte selbst dort ein. Er setzte mit seiner Zunge das fort, was ich kurz zuvor begonnen hatte. Ich erkannte, dass Amys Blasen an Steffens Schwanz intensiver wurde. Offenbar machte sie eine männliche Zunge nun mehr an als eine weibliche. Oder hatte sie den Wechsel an ihrer Muschi gar nicht bemerkt? In dem Fünfer-Knäuel, das sich hier gebildet hatte, war das durchaus denkbar.

Auf jeden Fall war sie hoch erregt. Das war ihr deutlich anzusehen. Sie war gierig, ihr Becken war alles andere als regungslos, und mit einer Hand griff sie nun zu Marius´ Kopf, um ihn in ihrem Schoß festzuhalten. Spätestens jetzt musste sie feststellen, dass das nicht mein Kopf war. Aber offensichtlich machte sie sich darüber längst keine Gedanken mehr.

Ebenso wenig wie über die Lautstärke, mit der sie schließlich ihren Orgasmus herausschrie. Marius leckte weiter, bis sie es nicht mehr aushalten konnte. Sie hielt seinen Kopf mit beiden Händen fest, zog ihn aus ihrem Schoß und sah ihm in die Augen. Im nächsten Augenblick beugte sie sich zu ihm und küsste ihn heftig.

Na also, dachte ich. Er durfte sie doch küssen – und das auch auf den Mund. Als sich ihre Lippen wieder voneinander trennten, sah sie ihm erneut in die Augen. Wie in Trance griff Marius zu den Kondomen auf dem Nachtisch, öffnete eine Verpackung und rollte sich das Gummi über den Schwanz.

Gleich würde er eine Überraschung erleben, dachte ich. Auch Tabia und Steffen sahen auf das, was Marius tat – und keiner warnte ihn. Ich war mir nicht ganz sicher, aber ich glaubte, im Blick meines Liebsten ein leichtes Grinsen zu erkennen. Da freute sich sein innerer Teufel wohl auf das Stoppschild, das Amy ihm gleich präsentieren würde.

Und tatsächlich gab es eine Überraschung – allerdings weniger für Marius als mehr für Tabia, Steffen und mich. Amy ließ nicht den geringsten Protest vernehmen, als der zwischen ihren Beinen kniende Marius seinen Schwanz zu ihrer Muschi schob, daran rieb und schließlich in sie eindrang. Sie ließ in dem Augenblick, in dem er zustieß, lediglich einen schreckhaften Atemzug vernehmen. Anschließend jedoch nahm sie seine Stöße entgegen, als hätte sie beim Sex nie etwas anderes erlebt.

Ich wechselte mit den anderen beiden erstaunte Blicke. Vor allem Steffen sah aus wie ein Kind, dem man sein Spielzeug oder eine Süßigkeit weggenommen hatte – was ich durchaus verstehen konnte. Amy hatte ihn zwar soeben geblasen, aber vor gerade mal 24 Stunden hatte sie sehr deutlich mitgeteilt, dass sie keinen Wert darauf legte, gefickt zu werden. Nun war Marius hier und ihr Bekenntnis zum lesbischen Sex galt plötzlich nicht mehr. Wir anderen drei waren derart verblüfft, dass wir nur noch staunend danebensaßen und den beiden zusahen. Steffen mit offenem Mund und den vermutlich größten Augen von uns allen.

Amy brauchte nicht lange, bis es ihr erneut kam. Und wieder war sie laut. Marius hielt nur kurz inne und machte dann weiter. Allerdings packte er sie nun und drehte sich mit ihr um, sodass sie oben lag. Bei der Aktion warf er mich beinahe aus dem Bett. Die beiden schienen vergessen zu haben, dass sie nicht allein in diesem Schlafzimmer waren.

Tabia war die Erste, die das wohl ändern wollte. Sie beugte sich zu Amy und küsste sie. Das hatte etwas von einem Dornröschenkuss. Was für ein passendes Bild für diese lesbische Frau, die den Fick mit einem Mann so offensichtlich genoss, schoss es mir durch den Kopf.

Amy schien wieder zu sich zu kommen. Sie war bis eben völlig bei Marius und sich gewesen – beinahe wie in Trance. Jetzt sah sie wieder in die Runde. Sie lächelte mich achselzuckend an und wanderte dann mit ihrem Blick zu Steffen. Auch für ihn hatte sie ein Achselzucken, allerdings eins mit einem bedauernden Blick. Es war ihr in diesem Moment wohl sehr bewusst, dass sie meinen Liebsten ziemlich frustriert hatte.

Denn das hatte sie. Wie sehr, sah ich allein schon an seinem deutlich geschrumpften Schwanz. So etwas war ihm mitten in einem Gruppensex-Erlebnis noch nie passiert. Normalerweise waren Frauen, die Lust auf einen Fremdfick hatten, mehr als bereit, es mit meinem Liebsten zu tun, der nicht nur einen großen Schwanz hatte, sondern auch sonst eine sportliche und sehr männliche Erscheinung war. Aber die Vorlieben waren nun einmal unterschiedlich. Und Amy hatte sich für Marius entschieden.

Ich beschloss, Steffen wieder aufzurichten. Ich beugte mich in seinen Schoß und nahm seinen Schwanz in den Mund. Tabia hatte wohl den gleichen Gedanken. Jedenfalls leistete sie mir Gesellschaft. Abwechselnd bliesen wir sein bestes Stück, das allmählich wieder zu wachsen begann. Währenddessen hörten wir Amys dritten Höhepunkt.

Meine Güte, war diese Frau orgasmusfreudig!

Ich überließ Steffen den Liebkosungen meiner Freundin und wandte mich dem fickenden Paar neben uns zu. In Marius´ Gesicht lag ein Anflug von Stolz – auch wenn ihm vermutlich gar nicht bewusst war, dass er soeben etwas tun durfte, was Steffen verwehrt worden war. Ich gab ihm einen kurzen Kuss und tat anschließend das Gleiche mit Amy – nur etwas ausgedehnter. Während ich sie umarmte, nahm ich noch das sanfte Zittern ihres ausklingenden Höhepunktes wahr, bevor sie sich wieder langsam entspannte. Ich war erstaunt, wie lange ihr Orgasmus nachwirkte.

„Ich kann nicht mehr", sagte sie schließlich keuchend, stieg von Marius´ Schoß und lehnte sich ans Kopfende des Bettes, wo sie sich bemühte, ihren Atem wieder ins Lot zu bringen.

Ganz offensichtlich brauchte sie eine Pause – im Gegensatz zu Marius. Der sah mich nur grinsend an und zog das Gummi ab. Als er zu einem neuen Kondom griff und es sich über den Schwanz zog, ging ich auf die Knie und streckte ihm meinen Po entgegen. Sofort war er hinter mir und in mir.

Er fickte mich jetzt etwas sanfter, als er das zuvor mit Amy getan hatte. Offenbar hatte er da bereits einige Kraft gelassen. Alles andere hätte mich auch gewundert. Allerdings steigerte er sein Tempo bald darauf wieder. Während er mich nahm, hatte ich einen freien Blick in Amys Schoß. Ihre feuchte Muschi glänzte. Sie sah uns zu und ließ dabei ihre eigene Hand zwischen die Beine wandern. Sie streichelte sich nicht ernsthaft, aber sie spielte an sich. Es war offensichtlich, dass es sie erregte, was sie sah – ungeachtet dessen, dass sie bereits mehrere Höhepunkte erlebt hatte.

Als Steffen (nun wieder mit voll aufgerichtetem Schwanz) ebenfalls zu einem Kondom griff, erlebte ich die nächste Überraschung. Amy beobachtete sehr genau, wie er sich das Gummi überzog, um im nächsten Augenblick mit Tabia vögeln zu können. Die legte sich neben die Amerikanerin, öffnete ihre Beine und erwartete meinen Liebsten. Doch kaum kniete er vor ihr, griff Amy zu seinem Schwanz und sah Steffen in die Augen.

„Nimm mich", sagte sie und betonte dieses Mich sehr deutlich.

Ich war erstaunt – und mein Mann wohl noch mehr. Sein Blick wanderte für ein paar Sekunden zwischen den beiden Frauen hin und her. Es war offensichtlich, dass er mit Amy ficken wollte. Andererseits wollte er natürlich auch Tabia keinen Korb geben, die sich soeben auf ihn eingestellt hatte. Meine empathische Freundin erlöste ihn jedoch aus dem Dilemma, indem sie ihn ansah, ihm einen Luftkuss zuwarf und lächelnd nickte, während sie ihre Beine ein wenig schloss. Manchmal waren die Dinge doch ganz einfach. Auch beim Gruppensex.

Nur zwei Sekunden später war Steffen zwischen Amys Oberschenkeln. Er drang in sie ein und nahm sie mit kräftigen, tiefen Stößen, während sie ihre Fingernägel fest in seinen Rücken krallte, wie ich gut erkennen konnte.

Tabia kam dafür zu uns. Oder genau gesagt: zu mir. Sie legte sich unter mich und verwöhnte meinen Kitzler mit der Zunge, während ihr Mann noch immer von hinten in mich stieß. Beides zusammen war unglaublich geil. Normalerweise kam ich nicht so leicht zum Höhepunkt, wenn ein Mann mich einfach nur doggy nahm. Aber zusammen mit Tabias Liebkosungen erlebte ich bald darauf einen wundervollen Orgasmus.

Tabia tauchte wieder auf, gab mir einen Kuss, der nach meiner eigenen Feuchtigkeit schmeckte, und fragte:

„Darf ich denn auch mal mit meinem Mann ficken?"

„Ja", entgegnete ich. „Jetzt darfst du das gern."

Sie kniete sich neben mich und ich nahm wahr, wie Marius sich das Kondom vom Schwanz zog. Er nahm Tabia in der gleichen Stellung wie zuvor mich – wobei er eine Hand zwischen meine Beine gleiten ließ und meine Muschi streichelte. Er fand dabei auf Anhieb den richtigen Punkt, sodass ich kurz darauf einen zweiten Höhepunkt erlebte – wenngleich nicht erneut einen derart heftigen. Von wegen, Männer sind nicht multitaskingfähig, grinste meine Erotikfee. In solchen Augenblicken können sie sogar sehr multi sein!

Ich hatte Lust, mich für Tabias Liebkosungen zu revanchieren und legte mich nun ebenso unter sie, wie sie zuvor unter mir gelegen hatte. Als ich mit der Zunge ihren Kitzler liebkoste, ließ sie ein deutliches „Ja, jahhhh" vernehmen. Ich leckte sie und zugleich auch immer wieder Marius' Schwanz, der heftig in sie stieß.

Bei ihr dauerte es etwas länger als zuvor bei mir. Aber offensichtlich gefiel ihr, was ich tat. Und als sie schließlich so weit war, schrie sie ihren Orgasmus ebenso laut heraus, wie Amy das kurz zuvor getan hatte. Das musste die Nachbarin unter uns gehört haben, grinste die Teufelin in mir. Insgeheim war ich ein wenig stolz auf diesen Geräuschpegel. Sollte die Nachbarin ruhig denken, was sie wollte. Das tat sie ja ohnehin.

Ich blieb unter Tabia liegen und sah nun einfach nur zu, wie Marius sie fickte. Sein Tempo war hoch, und ich war mir sicher, dass auch er nahe am Höhepunkt war. Gleich, dachte ich, gleich würde er in seiner Frau kommen. Doch ich sollte mich täuschen.

Kurz bevor er so weit war, zog er seinen Schwanz heraus und machte es sich mit der Hand. Er brauchte nur zwei Sekunden, bis sein Sperma herausschoss. Manches landete auf Tabias Muschi, etwas sicherlich auch auf ihren Po (was ich so natürlich nicht sehen konnte), aber das meiste bekam ich ins Gesicht, zum Teil auch in den Mund. Damit hatte Marius mich überrascht. Aber ich drehte meinen Kopf nicht zur Seite, sondern nahm die Gesichtsbesamung hin. Lediglich meine Augen schloss ich reflexartig für einen kurzen Moment. Er und mein Mann hatten doch manchmal recht ähnliche Vorlieben, schoss es mir durch den Kopf. Auch Steffen liebte es, Frauen anzuspritzen.

Mit dieser Vorliebe waren die zwei keineswegs allein, wie ich aus diversen Swinger-Abenteuern wusste. Es gab viele Männer, die so etwas gern machten. Allerdings gab es weit weniger Frauen, die so etwas mit sich machen ließen. Auch ich war dazu keineswegs immer bereit.

„Ich konnte einfach nicht widerstehen", sagte er keuchend und in einem leicht entschuldigenden Ton, als ich wieder auftauchte und ihn (mit vermutlich deutlich verschmiertem Gesicht) ansah.

Offenbar war er sich nicht ganz sicher, ob es okay war, was er soeben mit mir getan hatte. Aber Steffen und ich kannten ihn und seine Frau recht gut. Und da wir mit den beiden ein sehr inniges Verhältnis hatten, durfte Marius so manches tun, was ich nicht unbedingt jedem Mann erlaubte. Sein Sperma schmeckte ich jedenfalls nicht zum ersten Mal.

Statt etwas zu erwidern, gab ich ihm einen Kuss, in den sich seine Frau umgehend einmischte. Ich hatte das Gefühl, sie wolle etwas von dem abbekommen, was Marius mir ins Gesicht statt ihr in die Muschi gespritzt hatte. Der Eindruck verstärkte sich, als sie begann, mein Gesicht abzulecken – was ich als sehr prickelnd empfand.

Auch Amy sah mit großen Augen, was wir taten. Sie und Steffen hatten sich inzwischen gedreht, sie saß auf ihm und ließ sich von unten stoßen. Sie schien den Fick mit ihm zu genießen, war aber weit entfernt von jener Trance, in der sie es zuvor mit Marius getan hatte. Im Gegenteil: Sie musterte mit aufmerksamen Blicken, was neben ihr geschah.

Zu meiner Überraschung streckte sie eine Hand zu mir aus und wischte mit einem Finger ein wenig von Marius' Sperma aus meinem Gesicht. Sie betrachtet ihren so angefeuchteten Finger und leckte ihn schließlich ab. Ich war mir nicht so ganz sicher, ob sie das mochte, und sie war sich wohl selbst auch unschlüssig, vermutete ich.

„Das will ich auch", sagte Amy jedoch im nächsten Augenblick und sah wieder meinen Liebsten an.

Jetzt wurden Steffens Augen riesengroß. Er packte die Amerikanerin und drehte sie erneut auf den Rücken. Dass dabei sein Schwanz aus ihr herausrutschte, störte wohl weder ihn noch sie. Er hatte ohnehin etwas anderes damit vor, wie ich erkannte. Er hockte sich über Amys Oberkörper, ließ sich von ihr das Gummi abziehen und setzte zu einem Busenfick an. Doch Amy machte das nicht allzu lange mit. Sie packte seinen Schwanz und rieb mit kräftigen Bewegungen daran. Es war offensichtlich, dass sie ihn zum Spritzen bringen wollte.

Wenn es ihm jetzt kam, dann würde er allerdings nicht nur ihre Brüste treffen wie am Abend zuvor, schoss es mir durch den Kopf. War Amy das nicht bewusst? Oder vielleicht doch? Auf jeden Fall schien sie es sehen zu wollen. Oder wollte sie vielleicht noch mehr?

Als es Steffen kam, schoss sein Sperma mit hohem Druck heraus. Wie ich es erwartet hatte, landete das meiste davon in ihrem Gesicht und in ihren Haaren, was sie aber keineswegs zu stören schien. Ohne mit der Wimper zu zucken, machte sie weiter, bis auch der letzte Rest aus dem Schwanz herausgetropft und auf ihrem Busen gelandet war.

Steffen sackte schwer atmend nach hinten und gab so Amys Oberkörper frei – was Tabia und ich nutzten. Gemeinsam leckten wir Steffens Sperma von ihrer Haut. Das hatte ihr schon am Vorabend gefallen. Nun aber hatte Amy auch nichts mehr dagegen, uns zu küssen – und auf die Weise einiges von dem sehr besonderen Saft zu schmecken. Im Gegenteil: Sie schien regelrecht gierig nach diesem Spermakuss zu sein. Was für eine Wandlung!

„Ich glaube, ich bin doch ein bisschen bi", sagte Amy, als wir kurz darauf alle fünf wieder zur Ruhe kamen.

„Ein bisschen?", fragte Tabia schmunzelnd.

„Ja, ein bisschen", bekräftigte die Amerikanerin, deren Stimme nun sehr weich geworden war.

„Das war jedenfalls ganz schön geil", warf Steffen ein und sah sie an.

„Das stimmt", erwiderte sie. „Es ist lange her, dass ich einen Schwanz in mir hatte. Und nun gleich zwei hintereinander!"

„Einen hättest du auch gestern schon haben können", merkte mein Liebster an, den es wohl noch immer ein bisschen wurmte, dass sie Marius den Vorzug gegeben hatte.

„Ich weiß", sagte Amy. „Es ist auch nicht so, dass ich das nicht erwogen hätte. Aber deiner ist so groß. Das war mir gestern unheimlich."

„Und heute?", fragte Tabia.

„Heute war Marius da. Sein Schwanz hat eine schöne Größe. Da hatte ich weniger Bedenken als gestern."

Marius verzog das Gesicht, als Amy das sagte. „Schöne Größe" war für seine Ohren wohl ein eher zwiespältiges Kompliment. Ihm war natürlich bewusst, dass Steffens Teil größer war, aber offenbar wollte er das nicht so gern auch noch von anderen bestätigt bekommen – auch wenn das in diesem Fall die für ihn angenehme Nebenwirkung hatte, dass Amy ihn rangelassen hatte. Und auch mein Liebster war wohl nur in diesen Genuss gekommen, weil Marius da vorgearbeitet hatte.

Manchmal kam es eben doch auf die Größe an.

Wir blieben noch eine ganze Weile auf dem Bett, redeten und tranken Wein – obgleich Amy schon mehr als genug davon hatte. Mehrfach geriet sie in ein albernes Kichern, das ihren Alkoholpegel verriet. Sex hatten wir in dieser Runde nun nicht mehr, lediglich ein wenig Zärtlichkeit. Amy ließ es nun auch ohne Protest zu, dass Marius ein paar Fotos machte. Sie nahm ihm lediglich das Versprechen ab, dass nichts in irgendeinem Internetforum landen würde – zumindest nichts, was ihr Gesicht erkennen ließ. Aber das verstand sich natürlich von selbst. Tabia und Marius kannten diese Spielregel, und ich wusste, dass sie sie beherzigen würden.

„Vielleicht hätten wir ja ein paar Sexbilder von dir mit Steffen oder Marius machen sollen", sagte Tabia schmunzelnd. „Wenn die zu deinen Kollegen gelangen, dann hört das Getratsche über die lesbische Amy auf."

„Kann sein", entgegnete sie und schien plötzlich wieder ziemlich nüchtern zu sein. „Dafür würde allerdings ein anderes Getratsche anfangen. Das wäre auch nicht viel besser."

„Mit Sicherheit nicht", warf ich ein, während sich ein zunächst noch etwas unklarer Gedanke in meinen Kopf schob. „Aber vielleicht kann man das ja auch anders hinbekommen."

Amy sah mich fragend an. Sie wusste nicht so recht, was ich mit meiner Bemerkung gemeint hatte. Und so ganz genau wusste ich das auch nicht. Noch nicht.

Mir erschien es selbstverständlich, dass Amy und Tabia sich irgendwann zum Schlafen auf das Klappsofa im Arbeitszimmer zurückzogen. Sowohl Steffen als auch Marius hatten aber wohl auf etwas anderes gehofft. Steffen brachte auch die Möglichkeit ins Spiel, im Wohnzimmer ein Matratzenlager auszubreiten, damit wir alle gemeinsam dort schlafen konnten. Aber Amy und Tabia zogen erneut eine Nacht zu zweit vor.

„Hier im Doppelbett wäre auch Platz für drei", nahm Steffen noch einen Anlauf.

Ganz offensichtlich hatte mein Liebster die Hoffnung auf eine Nacht mit der Amerikanerin noch nicht aufgegeben.

„Platz für drei?", echote Tabia. „Das ist eine gute Idee. Aber verträgst du dich denn auch mit Marius auf dem engen Schlafsofa, wenn Kirsten, Amy und ich hierbleiben?"

Mein Liebster verzog das Gesicht. Diese Variante hatte er selbstverständlich nicht gemeint. Und er war wohl ganz froh, dass Tabia das nicht ernst gemeint hatte – wenngleich ich bei dieser Aufteilung gar nicht mal abgeneigt gewesen wäre. Aber ich fand es auch schön, wie wir die Betten am Ende schließlich verteilten: Amy und Tabia im Arbeitszimmer – und die beiden Männer mit mir im Doppelbett.

Eine Nacht mit zwei Männern hattest du lange nicht mehr, flüsterte meine Erotikfee. Bei dem Gedanken huschte mir ein Lächeln über das Gesicht, während ich zugleich ein leichtes Kribbeln unterhalb des Bauchnabels wahrnahm.

Tatsächlich schliefen beide Männer in dieser Nacht noch einmal mit mir – was ich durchaus provoziert hatte. Mit dem Platz in der Mitte konnte man doch so manches anregen, wenn man wollte. Und ich wollte. Später wurde ich auch noch einmal von einem ziemlich lauten Orgasmusschrei aus dem Schlaf gerissen. Ich wusste nicht so recht, ob das nun Amy war oder Tabia. Allerdings kam mir der Gedanke, dass das in der Etage unter uns möglicherweise noch jemand gehört hatte. Beim Gedanken an die hellhörige Nachbarin schlief ich grinsend wieder ein.

Samstag:
Die Herren Kollegen

Glücklicherweise ging Amys Flug erst am späten Nachmittag. Trotzdem wollte sie wieder früh und nach Möglichkeit unbemerkt ins Hotel zurückkehren. Als ich leise Schritte im Flur hörte, stand auch ich auf und fing sie kurz vor dem Bad ab.

„Du könntest auch gern noch zum Frühstück bleiben", sagte ich. „Steffen geht gleich Brötchen holen, dann haben wir noch etwas Zeit miteinander."

„Das ist lieb von dir", entgegnete sie. „Aber mir ist wohler, wenn meine Kollegen nicht mitbekommen, dass ich über Nacht weg war."

„Vielleicht wäre es ja ganz gut, wenn sie das mitbekommen", entgegnete ich und löste auf ihrem Gesicht ein Fragezeichen aus.

„Stell dir doch mal vor", fuhr ich fort, „wenn du nicht allein und mit dem Taxi da ankommst, sondern von Steffen begleitet wirst. Wenn er dich ins Hotel bringt und sich liebevoll von dir verabschiedet, dann wäre es doch gar nicht schlecht, wenn deine Kollegen das mitbekommen. Oder?"

Amy dachte einen Augenblick nach. Die Möglichkeit war ihr offensichtlich nicht in den Sinn gekommen. Zwar würde sie ihren Kollegen damit erneut Gesprächsstoff geben, aber die (für ihren Job nicht ganz ungefährlichen) Gerüchte über ihre sexuellen Neigungen könnten damit vielleicht verstummen. Aus dem Fragezeichen in ihrem Gesicht wurde ein deutliches Lächeln. Sie umarmte mich, gab mir einen Kuss und sagte:

„Ich hätte gern ein Croissant und ein helles Brötchen zum Frühstück. Und falls du Eier kochst: Ich mag meins hart."

Anschließend verschwand sie im Bad.

Als sie wieder herauskam, kehrte Steffen gerade vom Bäcker zurück – und musste nun selbst wohl ziemlich dringend auf die Toilette. Er und Amy begegneten sich im Flur, er in Jeans und T-Shirt, sie mit nassen Haaren und in ein Handtuch gewickelt. Für einen Augenblick blieben sie voreinander stehen und sahen sich an. Ich konnte vom Eingang der Küche aus

Amys Blick nicht genau erkennen, aber ich hatte den Eindruck, als sei sie peinlich berührt über diese Begegnung. Sie zog sich das Handtuch höher, um ihre Brüste noch besser zu verbergen, während Steffen es ihr wohl am liebsten heruntergezogen hätte. Glücklicherweise unternahm er aber nichts in der Richtung. Ich war mir sicher, dass Amy ihm das in diesem Augenblick verübelt hätte – ungeachtet der Tatsache, dass die beiden einige Stunden zuvor ziemlich heftigen Sex miteinander gehabt hatten.

„Guten Morgen", sagte Steffen in einem relativ neutralen Ton.

„Guten Morgen", entgegnete Amy in einer ähnlichen Tonlage und huschte an ihm vorbei ins Arbeitszimmer, wo ihre Sachen lagen.

Unsere amerikanische Freundin war doch ein sehr ambivalenter Mensch. Man konnte selten voraussehen, wie sie reagieren würde. Nach den Erlebnissen der vergangenen Nacht hätte es mich auch nicht gewundert, wenn sie meinem Liebsten nun liebevoller begegnet wäre. Aber jetzt in diesem Augenblick schien sie wieder die Amy zu sein, die ich ursprünglich kennengelernt hatte: leicht introvertiert und Männern gegenüber eher reserviert.

Tabia hingegen begrüßte Steffen mit einer liebevollen Umarmung und einem ausgedehnten Kuss. Mich auch.

Kurz darauf saßen wir alle fünf um den Esstisch und machten uns über die frischen Brötchen her, deren Duft sich mit dem des Kaffees mischte. Amy nahm sich Zucker und Milch und rührte sehr lange in der Tasse. Dabei pendelte ihr Blick zwischen Marius und Steffen.

„Habe ich wirklich mit euch beiden geschlafen?", fragte sie die zwei und zugleich wohl auch sich selbst.

„Ich würde eher sagen: Du hast dich von uns ficken lassen", entgegnete Marius.

„Und von mir hast du dich sogar anspritzen lassen", ergänzte mein Liebster mit einem süffisanten Grinsen.

„Oh Gott", erwiderte sie. „Was um alles in der Welt war bloß in diesem Rotwein?"

„Alkohol", entgegnete Steffen.

„Nüchtern betrachtet kann ich kaum glauben, was da gestern Nacht passiert ist."

„Nüchtern betrachtet war es vielleicht ganz gut, dass keiner von uns nüchtern war", merkte Tabia schmunzelnd an.

Immerhin zauberte sie damit wieder ein Lächeln in Amys Gesicht – wenn auch ein eher verhaltenes. Aber zumindest unterstrich sie ihr Lächeln mit einem nachdenklichen Kopfnicken. Ob sie wohl ohne Alkohol die ganze Sache nicht mitgemacht hätte? Quatsch, warfen meine Erotikfee und meine Realistin gleichermaßen ein. Wenn sie keine Lust auf Sex gehabt hätte, dann wäre sie gar nicht erst hier hergekommen. Nach dem Erlebnis vom Donnerstag musste sie doch wissen, was in dieser Gesellschaft so alles passieren konnte.

Das war sicherlich so. Aber möglicherweise hätte Amy zumindest nicht alles getan, was sie getan hatte. Ob sie manches davon vielleicht bereute – jetzt in dieser Morgen-danach-Stimmung? Ich wusste es nicht. Und ich wollte auch nicht nachfragen. Ihre Gedanken und Gefühle hätten mich zwar interessiert, aber ich wollte auch die harmonische Stimmung am Küchentisch nicht stören.

Das Frühstück zog sich nicht allzu lange hin, jedenfalls nicht für Amy und Steffen. Ich hatte ihr ja versprochen, dass mein Liebster sie zum Hotel fahren würde (und ihm das inzwischen auch mitgeteilt). Ihm gefiel meine Idee, und natürlich war er gern bereit, das kleine Spiel zu spielen. Wir verabschiedeten uns mit liebevollen Umarmungen und zärtlichen Küssen von unserer neuen Freundin – jedenfalls Tabia und ich. Bei Marius beließ Amy es mit Umarmung und einem eher harmlosen Küsschen. Bei ihrer wechselhaften Haltung gegenüber Männern war es wohl gar kein Wunder, dass ihre männlichen Kollegen nicht recht schlau aus ihr wurden. Aber das mussten sie ja auch nicht.

Als Steffen vom Hotel zurückkam, saßen Tabia, Marius und ich noch immer in der Küche.

„Na?", fragte ich, während unsere Blicke sich neugierig auf ihn richteten.

„Ich würde sagen, es hat funktioniert", entgegnete er, nahm sich einen Kaffee aus der Kanne, setzte sich zu uns und erzählte.

Steffen hatte Amy natürlich nicht einfach nur am Hotel abgesetzt, sondern sie in die Lobby begleitet. Er hatte seine beste Jeans und ein modisches Sakko sowie elegante, schwarze Schuhe angezogen und spielte nun Amys Lover (was er im Grunde genommen ja auch war). Allerdings mussten die beiden ein wenig Zeit am Eingang verbringen, bis die amerikanischen Kollegen endlich auftauchten.

In dem Moment, als der erste von ihnen mit Rollkoffer den Aufzug verließ, taten Amy und Steffen so, als kämen sie soeben ins Hotel – ohne den Kollegen gesehen zu haben. Sie umarmten und küssten sich. Und das deutlich länger als es für die Show nötig gewesen wäre. Als Amy sich dann auch noch eng an ihn drückte, griff Steffen zu ihrem Po und knetete diesen genüsslich. Sie sah ihn an und flüsterte:

„Es war toll bei euch. Du hast einen wahnsinnig geilen Schwanz – auch wenn ich erst Angst davor hatte."

„Bereust du etwas?"

„Da gibt es nichts zu bereuen. Ich habe beide Nächte bei euch genossen – und alles, was ich mit euch erlebt habe. Nichts von dem möchte ich missen. Gar nichts!"

Daraufhin gab sie ihm noch einen Kuss und verabschiedete sich. Als sie zu den Aufzügen ging, tat sie überrascht, als sie an ihrem Kollegen vorbeikam, der mittlerweile nicht mehr allein am Empfangstresen stand. Sie setzte einen verlegenen Blick auf (den sie wohl nicht allzu sehr spielen musste), wechselte ein paar Worte mit den Kollegen und verschwand eilig im Aufzug. Steffen winkte ihr nach – unter den abschätzenden Blicken der Amerikaner, die für den Check-out anstanden. Steffen erwiderte diesen Blick kurz und wandte sich dann zum Gehen.

„Ernsthaft?", fragte ich nach. „Sie hat dich von sich aus geküsst? Und das auch noch lange?"

„Es war so", versicherte Steffen mit einem offenen und ernsthaften Blick, der keinen Zweifel zuließ.

„Darauf hätte ich nach eurer Begegnung vor dem Bad und ihren zwiespältigen Gedanken beim Frühstück nun wirklich nicht wetten mögen", entgegnete ich.

„Ich auch nicht", stimmte Tabia mir zu. „Aber Amy ist wohl für manch eine Überraschung gut. Ich glaube, sie weiß oftmals selbst nicht, wo sie eigentlich steht und was sie will."

Als Steffen uns dann auch noch von Amys Kompliment für seinen Schwanz erzählte, schielte ich zu Tabia und Marius. Sie lächelte ein wenig, er verzog keine Miene.

Unsere Freunde blieben an diesem Samstag noch bei uns. Bis weit in den Nachmittag saßen wir einfach nur am Küchentisch und redeten. Wir erwogen, am

Abend alle gemeinsam in einen Swingerclub in der Nähe von Hannover zu fahren, verwarfen den Gedanken aber wieder. Beim Blick auf die Anmeldeliste bei Joyclub stellten wir fest, dass es dort vermutlich wieder einmal viel zu voll sein würde. Den Gedanken, an einer Spielwiese anstehen zu müssen, um vögeln zu können, fand ich nicht so toll. Genau das hatten wir in diesem stets gut besuchten Club tatsächlich bereits erlebt.

Stattdessen gingen wir in die Sauna und entspannten uns. Nach dem Abendessen verbrachten wir eine Partnertausch-Nacht in getrennten Zimmern. Steffen ging mit Tabia auf das Klappsofa im Arbeitszimmer, Marius und ich zogen uns ins Schlafzimmer zurück. In dieser Nacht demonstrierte ich ihm mit Fingern, Zunge und Lippen sehr ausgiebig (und bis zum Ende), dass auch er einen geilen Schwanz hatte.

Die neue Woche:
Nachwirkungen

Ein paar Tage später kam eine E-Mail aus den USA:

Ihr Lieben,

es waren zwei wundervolle und aufregende Nächte mit euch. Diese Aufregung ist noch immer nicht abgeklungen in mir. Nach den Erlebnissen bei euch bin ich doch ganz schön

verwirrt über mich selbst. Ich frage mich in-
zwischen, ob Steffens ursprüngliche Vermu-
tung nicht vielleicht ganz richtig war und ich
doch bisexuelle Neigungen habe. Der Gedan-
ke war mir ja schon während der zweiten
Nacht bei euch gekommen. Jedenfalls ertappe
ich mich seit Hannover dabei, dass ich Män-
ner mit einem ganz anderen Blick ansehe.
Und die mich auch (in der Firma jedenfalls).
Höchstwahrscheinlich ist die Knutscherei mit
Steffen in der Hotellobby inzwischen allen zu
Ohren gekommen. Ich hoffe mal, dass das
Lesben-Gerede damit ein Ende hat. Ich glau-
be, die Chancen dafür stehen gar nicht
schlecht.

Vielen Dank für alles. Liebe Grüße und ganz
dicke Küsse für euch beide, Amy

„Sieh mal einer an", war Steffens Kommentar, als ich ihm die Mail zeigte.

„Ob wir sie wohl wiedersehen werden?", fragte ich ihn und zugleich mich.

Wer wusste das schon. In der Welt der Swinger waren erotische Begegnungen oftmals flüchtig, wie wir schon diverse Male festgestellt hatten. Dass aus solchen Abenteuern eine langfristige Freundschaft wie die mit Tabia und Marius entstand, erlebten wir eher selten. Auch wenn wir es zuweilen bedauerten, dass uns manche Menschen wieder abhandenkamen: Das lag wohl in der Natur der Sache, wenn man immer mal wieder aufs Neue fremde Haut spüren wollte.

Auszuschließen war es aber natürlich nicht, dass wir Amy doch noch wiedersehen würden. Schließlich war in einem Jahr wieder Cebit. Und in ihrer Firma gab es niemanden, der so gut Deutsch sprach wie sie. Die Chance, dass ihr Chef sie erneut nach Hannover schickte, war also nicht ganz klein. Bei dem Gedanken ertappte ich mich dabei, wie ich schonmal nachsah, wann im kommenden Jahr die Computermesse stattfinden würde. Beim Blick auf die Daten schob sich der nackte Körper der schönen Amerikanerin in mein Kopfkino und zauberte mir ein Lächeln ins Gesicht.

Ob das nun etwas zu bedeuten hatte oder nicht: Jedenfalls musste ich jetzt ganz dringend mit meinem Mann schlafen. Und irgendwie war Amy auch mit dabei – jedenfalls in meinen Gedanken. Und ich war mir sicher, dass das bei Steffen in diesem Augenblick ebenso war.

Von Kirsten Steiner sind bisher
folgende Titel erschienen (Stand Juli 2018):

Schneetreiben für vier

Winter, Sonne, Sex – eine wundervolle Mischung. Allerdings waren Sabrina und Florian, mit denen wir diesen Skiurlaub im Montafon verbrachten, als Swinger noch völlige Anfänger. Dennoch wurde es eine heiße Woche zwischen Piste, Sauna und Bett. Aber vielleicht war es auch gerade deshalb so spannend, weil die beiden gar nicht so recht wussten, was sie eigentlich wollten. So manches haben sie mit uns dann aber entdeckt.

Svenjas Erwachen

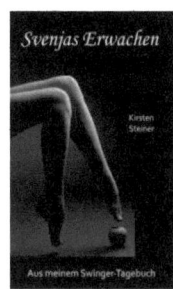

Meine Schulfreundin Svenja war schon immer ein schwieriger Fall. Als Teenager hatte sie nie einen Freund abbekommen, als Studentin geriet sie stets an die falschen Männer. Und als sie mir dann einmal erzählte, dass sie seit fünf Jahren keinen Sex mehr gehabt hatte, habe ich sie zu einem Besuch im Swingerclub überredet – nur sie und ich und ohne meinen Liebsten. Und mit einer Freundin durch einen Club zu streifen, ist etwas ganz anderes als mit einem Mann an der Seite.

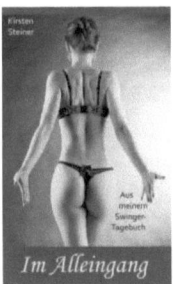

Im Alleingang

Mir war nicht ganz wohl bei der Sache.
Aber Steffen hatte etwas gut bei mir,
und so ging ich auf seinen Vorschlag ein:
Gemeinsam in den Swingerclub – aber
dann sollte jeder für drei Stunden
allein auf Pirsch gehen. Im Nachhinein
war ich erstaunt, was in drei Stunden
so alles passieren kann.

Spielzeit

Vier Paare, ein Ferienhaus und ein sonniges
Pfingstwochenende: Die Zutaten zu diesem
Spiele-Wochenende waren verlockend,
und wir folgten der Einladung. Wobei wir
nicht geahnt hatten, dass unsere Gastgeber
wirklich spielen wollten. Allerdings wurden
das Spiele der besonderen Art.

Mallorquinischer Seitensprung

Zwei Männer allein für mich: Mit dieser
pikanten Überraschung wollte Steffen mir
den Urlaub versüßen – was ihm auch
gelang. Doch dieser zweite Mann hatte ein
kleines Geheimnis. Und das sollte
noch ein ganz anderes erotisches Abenteuer
auslösen – ein Erlebnis, an dem nicht nur
wir drei beteiligt waren.

Die Frau, die in einen Swingerclub hineinging und aus einem Jungbrunnen herauskam

„Mein Mann vögelt mit so schönen jungen Frauen wie dir seine Midlife-Crisis weg", hatte Sylvia nach unserem Vierer auf der Swingerclub-Matte zu mir gesagt. Im weiteren Verlauf des Abends stellte ich fest, dass sie mit ihrer Einschätzung wohl durchaus richtig lag – sie selbst aber auch tief in dieser Krise einer Mitt-Vierzigerin steckte. Doch obgleich sie es zunächst nicht so recht glauben wollte, tat der Sex mit einem deutlich jüngeren Mann ganz offensichtlich auch ihr gut. Und nicht nur mit einem …

Räumchen wechsel dich

Swingen ja, aber Partnertausch in getrennten Räumen? Das kam für uns nicht infrage. Dachten wir … Dann aber trafen wir Katja und Lukas, die das eigentlich genauso sahen. Eigentlich … Doch zu unserer Überraschung entwickelte sich der erotische Abend mit den beiden ganz anders, als wir alle das wohl erwartet hatten …

Zwei Männer, zwei Frauen, eine Verführung

Wir hätten nicht geglaubt, dass eine Beziehung zu viert funktionieren würde. Mit Birte und David jedoch entdeckten wir eine ganz neue Dimension des Swingens. Plötzlich war alles möglich, alles erlaubt. Wir erlebten mit den beiden die aufregendste Zeit unseres Swingerlebens – und ein Wechselbad der Gefühle. Wir kamen den beiden unglaublich nah. Vermutlich zu nah.

Sommer, Sonne, Billard, Bisex

Swingererlebnisse im Urlaub sind eine wundervolle Sache – wenn man denn die richtigen Mitspieler dafür findet. Vor unserem Herbsturlaub auf Menorca hatten wir deshalb schon vorab ein entsprechendes Date vereinbart. Das allerdings sollte zu einer ziemlichen Enttäuschung werden, sodass wir uns bereits auf einen Urlaub nur in Zweisamkeit einstellten. Doch dann geriet ein ganz anderes Paar in unseren Blick. Mit diesen zwei jungen und attraktiven Menschen sollten wir gleich mehrere Überraschungen erleben. Und sie mit uns.

Monogamie für Fortgeschrittene

Einander treu sein und dennoch fremde Haut spüren, klingt wie duschen, ohne nass zu werden. In ihrem Buch erläutern Kirsten und Steffen Steiner, wie dieser scheinbare Widerspruch dennoch funktioniert und für eine harmonische Beziehung sogar ausgesprochen hilfreich sein kann. Dafür greifen die Autoren, die seit Jahren in der Swingerszene aktiv sind, sowohl auf eigene Erlebnisse bei zahlreichen Clubbesuchen und privaten Treffen zurück als auch auf Gespräche mit anderen Paaren, die sie in diesem Buch zu Wort kommen lassen. Mit persönlichen Geschichten und Anekdoten geben sie einen Einblick in die Welt der Swinger.

**Drei Pastorentöchter und die
Verführung der Hochzeitstorte**

In einem Göttinger Studentenwohnheim treffen drei junge Frauen mit einer seltenen
Gemeinsamkeit aufeinander: Alle drei sind
Pastorentöchter und haben eine ausgesprochen fromme Jugendzeit erlebt. Was die drei
jedoch unterscheidet, ist ihre Sexualität:
Während sich Pia fröhlich durch die halbe
Uni vögelt, hat Swantje den festen Vorsatz,
irgendwann einmal als Jungfrau in die Ehe
zu gehen. Und Kerstin möchte ihre Jungfräu-
lichkeit nach den Jahren der unfreiwilligen
Enthaltsamkeit im elterlichen Pfarrhaus so
bald wie möglich loswerden. Der Spagat
zwischen Frömmigkeit und Sex führt zu
Verwicklungen, die für alle drei ziemlich
überraschend sind. (Erotischer Liebesroman)

Lob? Kritik? Anmerkungen? Fragen?
Ich freue mich über eine Mail an:

kirsten.steiner84@web.de

Und natürlich freue ich mich auch über
das Geschenk einer kleinen Rezension
in einem der Buchshops im Internet.